LE VENDEUR DE SEL

Patrick ZIMMER

LE VENDEUR DE SEL

roman

LES ÉDITIONS LA BRUYÈRE
128, rue de Belleville
75020 PARIS

ÉDITIONS LA BRUYÈRE
ISBN : 978-2-7500-1629-6
Dépôt légal : 3ème trimestre 2021

« Ce que tu es en train d'écrire, tu pourras me le faire lire ? »

Chapitre 1

Le paysage défile lentement devant moi.

Je n'ai rien à faire, seulement surveiller le compteur sur cette route devenue déserte.

Si je tourne la tête, chaque détail devient flou.

Chacun se dilue dans des couleurs avoisinant le gris clair à l'horizon et le vert en bordure de chaussée. Toutes les aspérités qui faisaient de ce paysage une singularité s'effacent au profit de lignes horizontales.

Tout s'efface.

La couleur elle, reste.

Si seulement… si seulement les détails de la semaine pouvaient s'effacer aussi facilement.

Les écarter d'un seul geste, d'un seul coup de main et ne garder que les couleurs.

Aujourd'hui encore il n'y a eu que des détails.

Uniquement des détails !

« *Oscar ci, Oscar ça…* »

Certains pourraient trouver du réconfort dans le travail. Le mien ne m'intéresse plus.

M'a-t-il déjà intéressé ?

Les dossiers s'accumulent et se pressent à l'inverse de ma motivation et plus d'une fois il m'est arrivé de buguer au téléphone avec des clients en pensant au weekend.

Tous ces détails… je ne peux les écarter d'un seul regard mais je sais avec qui je peux les oublier.

Sur le fauteuil passager le portable vibre, un SMS de Malcolm :
« Nous sommes à l'intérieur, tu t'es encore perdu en descendant de tes montagnes ? »

Un sourire, un apaisement, je repose le portable.

Malcolm, Renan et Ben.
Je n'ai jamais su par quel miracle le destin nous avait mis en relation. Quand je suis arrivé à Grenoble il y a huit ans, une des colocs de la maison avait organisé une soirée dans un bar pour me présenter des amis. Si on m'avait dit que ça allait être une soirée pour parler boulot dans un bar bobo, je serais resté à l'appart. Mais voilà, plus tard dans la soirée, des amis à eux nous ont rejoints et à eux seuls, ils ont littéralement renversé l'ambiance du bar. Ils ont commencé par commander une girafe de bière pour toute notre table et ensuite pour la table voisine et finalement ils remplissaient tous les verres vides du bar. Résultat, deux heures plus tard nous étions tous assis à califourchon sur nos chaises derrière une ligne en attendant qu'un homme à la mine bien amochée donne le départ. Ce fut notre première course de chaises dans un bar et jamais, jamais je n'ai autant rigolé que ce soir-là.

J'espère qu'ils pourront rester un peu plus tard aujourd'hui.
Depuis que Ben a eu son petit Charly et Malcolm ses triplées, ce n'est plus aussi facile qu'il y a huit ans. Mais bon, j'espère qu'ils pourront rester un peu, surtout le soir de mes 32 ans !

La route devient moins déserte, j'approche de la ville.

Je me gare à vingt mètres de l'entrée et déjà une foule compacte se presse aux portes du Trini Pub. Un coup d'œil au portable, toujours pas de réponse de Lola. Même pour l'occasion elle s'abstiendrait d'envoyer un message ?

Le portable vibre et affiche un second message de Malcolm :
« Bon eh bien j'espère que tu arrives bientôt car Ben a déjà sifflé deux bières là... »

Heureusement qu'ils sont là eux, heureusement qu'ils sont là !

Le Trini Pub est un bar de Grenoble dans lequel nous avons élu résidence le vendredi soir. Le genre de bar qui vous propose soirée foot sur grand écran, dégustation de bières, soirée quiz... le style de bar où l'ambiance est toujours au rendez-vous et si jamais celle-ci vient à manquer, Ben s'occupe toujours de remettre de l'essence dans le réservoir.

Je pousse la porte d'entrée, passe à travers la foule, évite un homme sur le point de rendre son dîner puis un serveur pressé et les voilà au fond de la pièce.

Ils me voient et entament aussitôt une ola, une ola reprise par le reste du bar et qui se propage à l'extérieur.

Le mouvement se dissipe, Ben se lève, porte ses deux index au plafond et entame un chant d'anniversaire, un chant lui-même repris par la foule.

La chaleur des visages, une chorale géante improvisée... Une première larme saute dans le vide accompagnée de très près par une seconde.-

Les derniers détails du bureau s'évaporent.

Heureusement qu'ils sont là.

Je les remercie et m'assois tranquillement sous les derniers applaudissements en les saluant chaleureusement.

Les discussions autour reprennent et la nôtre peut commencer.

Ben, légèrement plus joyeux que nous, sort son portefeuille et le pose sur la table :

- Oscar, bonne nouvelle, je me suis arrangé avec Valentine, elle s'occupe de Charlie pour ce soir ! OPEN BAR !

Il est le plus jovial de nous trois, le genre de personne qui ne se prend pas la tête.

Pour lui, tout problème a une solution et si un problème persiste, une bonne bière en vient toujours à bout.

Il se lève, fait deux mètres et harponne le serveur qui avait déjà quatre ou cinq commandes sur son plateau. Le pauvre serveur…on a entendu dire qu'il était submergé chaque weekend. Il faudrait être minimum trois ou quatre pour être à l'aise dans ce service ! Une thèse qui va sûrement se revérifier ce soir avec nous comme clients…

Ben lui récite haut et fort nos boissons favorites et Malcolm d'entamer la discussion :

- Alors Oscar, cette semaine, bien ?
- Hum… comme d'habitude Je fais deux voire trois fois ce que faisait la personne avant moi. Ils disent que j'en fais de trop et me conseillent de souffler en effectuant une formation.
- Une formation ? Mais tu connais déjà tout dans les assurances, qu'est-ce que tu vas encore t'embêter avec ça, renchérit-il.

Etant le plus vieux et déjà parent de trois enfants ainsi que propriétaire d'une maison, Malcolm a toujours joué le rôle de père pour nous trois et ne manque pas de s'en vanter quand il le peut. Des remarques qui parfois ont le mérite de nous agacer.

- En réalité, c'est une formation pour apprendre à travailler en groupe. Ils disent que je ne sais pas déléguer, que je préfère tout prendre pour moi et que je me surcharge de travail. Surtout depuis quelques mois.
- J'aimerais bien que mon patron me dise ça, intervient Renan.

Une remarque qui fait automatiquement réagir Malcolm :

- Renan, il faut que tu trouves une fille, quelqu'un de bien qui saura t'épauler et t'éviter de te retrouver seul. Une fille avec qui tu seras plus motivé dans la vie !
- Arf merci docteur mais vous oubliez une chose, je rentre rarement seul ! La preuve encore hier soir !
- Merci merci, tu peux garder les détails, le coupe Malcolm en affichant un sourire désespéré.

Renan a trente ans et travaille dans une boite de courtage dans le centre de Grenoble. Depuis longtemps, il rencontre des difficultés avec ses patrons. Au fond, on le soupçonne de souvent arriver en retard au travail à cause de soirées trop alcoolisées auxquelles nous ne participons plus.

Le serveur arrive avec les verres et les pose sur la table.
Chacun prend le sien et Malcolm lève son verre le premier :

— À tes trente-deux ans Oscar !

Et Ben et Renan de répéter ses paroles.
À les voir, une petite étincelle se réveille au fond de moi.

Nous buvons une grosse gorgée et reposons nos verres.

À chaque anniversaire ils ont été là, le premier, le second, le troisième…ils ont toujours été là. Mais ce soir, il manque quelqu'un.

Mon regard ne quitte pas mon verre.

Un léger silence s'installe.

Ben, sûrement porté par des degrés d'alcool que nous n'avons pas encore atteints, pose son verre et me lance en essayant d'être sérieux :

- et…et avec Lola ?

Malcolm le fusille du regard. Ben reprend une gorgée l'air coupable.

- Désolé, tu disais quoi Ben, je lui demande.
- Lola…Elle… Elle t'a donné des nouvelles ?

Les deux autres sont gênés mais intéressés par ma réponse.

Depuis deux mois, ils ne cessent de me demander s'il y a du nouveau, si elle m'envoie des messages, si elle me répond…

Chaque fois c'est la même réponse et ce soir ne sera pas une exception.

J'espère toujours d'un jour à l'autre qu'elle revienne et que ce soit un mauvais souvenir. Un mauvais souvenir qui semble ne pas vouloir se terminer.

- hum avec Lola… eh bien c'est toujours pareil.
- Tu veux dire qu'elle n'est toujours pas revenue, renchérit Renan.
- Non…

Je reprends un verre, un autre silence arrive pendant quelques secondes.

- Elle…Elle répond à certains de mes SMS…
- C’est déjà bien, s’enquiert Malcolm.

Une once de soulagement arrive et m’invite à poursuivre :

- Mais après six ans de couple, je ne comprends pas son départ.

(…)

Aujourd’hui, je pense avoir regardé bien cent fois mon téléphone mais rien !

Rien.

Regardez, regardez…

J’ouvre le portable, débloque l’écran d’accueil, la sonnerie d’appel retentit.

Maman.

Elle doit m’appeler pour mon anniversaire, je la rappellerai plus tard.

Décidé à leur montrer le nombre de messages que je reçois de Lola, je reviens à l’écran d’accueil.

La sonnerie d’appel retentit : à nouveau ma mère.

Imaginant le pire, je décroche et me lève en leur faisant signe de continuer sans moi.

Encore dans le bar, je n’entends rien de ses mots, seulement : « ta…mère … pi …tal »

Des mots qui s’assemblent et se précisent une fois dehors :

- Oscar tu m’entends ?

Sa voix est en sanglots, mon sang se glace.

- Oui c'est bon, que se passe-t-il maman ?
- C'est…c'est au sujet de mamie, elle…elle a fait un malaise, le SAMU vient de l'emmener à l'hôpital. Elle… elle était inconsciente dans son jardin… inconsciente, je ne sais pas depuis combien de temps elle était là oh mon dieu…

Elle est en panique. Je dois refouler la mienne encore plus grande.

- Maman, maman ! Arrête de pleurer…je vais appeler l'hôpital et…et je prends le premier train pour Caen.

J'essaie de la calmer comme je peux, je raccroche.

Ce n'était pas elle.
Ce n'était pas ma mère.
Non c'était quelqu'un d'autre !
J'ouvre le journal d'appel et celui-ci affiche le dernier correspondant contacté.
Petites inspirations, petites expirations.

J'entre dans le bar, prends ma veste et leur jette un regard vague :

- Désolé…je dois y aller. Une urgence.

Aussi vite que je suis entré je ressors et entends au loin des invitations à revenir, des invitations à ne pas reprendre le volant dans cet état.

Chapitre 2

Jamais je n'avais entendu ma mère pleurer ainsi, jamais elle ne fut aussi paniquée.

Certes je l'avais déjà vue dans un état désespéré au moment où elle quitta définitivement Xavier lorsque j'avais neuf ans mais rarement je ne l'avais vue aussi paniquée. Rarement je le fus aussi.

Mamie a toujours été là pour maman et moi. Elle n'a pas hésité avec grand-père à nous ouvrir leur porte, moi non plus je ne l'abandonnerai pas.

La main gauche tient le volant et la droite compose le numéro de l'hôpital indiqué par internet.

Dix tonalités plus tard, aucune réponse.

- Fichu téléphone !

Devant, la pluie tombe sur le pare-brise et les essuie-glaces peinent à suivre le rythme.

Au loin des éclairs frappent ici et là les reliefs et le tonnerre vibre dans toute la vallée.

Les larmes coulent et mes mains suivent le rythme des balais sur la vitre.

Elle était inconsciente…

À droite sur le siège passager, le téléphone clignote et vibre, Malcolm.

Il me demande de le prévenir dès que je serai arrivé chez moi.

Il est 23h20.

Un œil sur le téléphone et un autre sur la route en lacets, je parviens à afficher l'horaire du prochain train pour Caen : 23h40.

Il me reste dix minutes pour un trajet qui en nécessite à ce niveau trente.

Tant pis pour mon permis, direction la gare !

Je revoie encore le sourire de mamie quand elle nous accueillait avec ses desserts alors que nous débarquions à l'improviste en soirée.

Mon pied droit appuie davantage sur la pédale de droite et l'aiguille de gauche amorce une accélération dans son balayage latéral, une accélération qui s'imprime aussitôt au cœur.

Moi non plus je ne t'abandonnerai-pas !

L'aiguille dépasse les 90 km/h.

La pluie se transforme en un mur d'eau.

Un éclair frappe la colline à trois-cents mètres et un coup de tonnerre retentit immédiatement à l'image d'un coup de fusil.

Un autre éclair explose un arbre à cinquante mètres.

Un coup d'œil dans le rétroviseur, je relâche la pression sur la pédale de droite avant qu'un flash accompagné d'une explosion percute mon épaule gauche ainsi que le pare-brise.

La voiture s'emballe, les pneus crissent,
La route, la paroi, la route, le noir, la route, tout s'arrête.
Tout s'arrête.

Tout s'arrête à l'exception de la pluie qui vient percuter le pare-brise en des milliers d'impacts.

Tout s'arrête à l'exception de mes mains qui ne cessent de trembler.

Tout s'arrête excepté mon cœur qu'on pourrait entendre à un mètre de distance. Tout s'arrête excepté ce bourdonnement encore bien présent au creux de mon oreille.

À l'extérieur, à seulement dix mètres, un arbre vient de recevoir la foudre et se tient maintenant déchiré en deux. L'explosion a envoyé quelques morceaux sur le pare-brise mais celui-ci est resté intact.

Un regard à droite, un regard à gauche, je n'ai rien. La voiture non plus.

Jamais…jamais la foudre ne s'était abattue aussi près.

Jamais…

Un signe du destin ?

23h28 s'affiche à l'horloge, c'est trop tard pour ce soir, je prends le premier train demain.

Chapitre 3

Depuis quelques mois, ça lui arrivait d'avoir de légers vertiges mais jamais encore de malaise.
Il suffisait alors d'une bonne nuit de sommeil et ça repartait comme en quarante le jour d'après.
Mais jamais ce ne fut aussi grave, jamais ma mère n'avait eu besoin d'appeler le SAMU.

La voix de maman résonne encore dans ma tête lorsque je coupe le contact devant la porte d'entrée et l'obscurité de la nuit d'envahir la voiture.

Avec difficultés, je pénètre à l'intérieur de l'appartement où les éléments se calment et se figent.

Seules quelques braises tapies au fond de la cheminée assurent le réconfort à cette pièce. Une pièce autrefois remplie de joie, d'échanges, d'histoires et dont la vie dépend maintenant de quelques charbons encore vifs cachés sous la cendre.
Lola me disait toujours que je n'ouvrais pas assez la prise d'air et que le feu étouffait progressivement, que je ne savais pas entretenir un feu.
A-t-elle eu besoin d'une chaleur que je ne suis plus capable de lui donner ?

Mon manteau trempé rejoint un porte manteau vide, j'allume l'ordinateur et réserve mon train pour le lendemain : prochain départ à 7h00.

Je rappelle ma mère pour la prévenir et tente une nouvelle fois de la rassurer. Rien à faire, nous raccrochons aussi désemparés l'un que l'autre après dix minutes de conversation.

J'éteins l'ordinateur et le calme revient.

Sa voix, ses pleurs, sa détresse... son image s'imprime dans ma pensée mais un coup de tonnerre retentit au loin et m'appelle à aller dormir.

Je me lève et gravis les escaliers. À la huitième marche, mon regard se fige sur la droite. Sur ce mur où restent affichées toutes nos photos.

Mon regard se laisse attirer par chacune d'entre elles : celle devant l'avion de papi avant qu'il ne parte pour le Kenya, celle devant le mont Saint Michel au milieu des touristes avec maman, celle devant notre nouvelle maison avec maman... De nombreuses larmes montent et finissent par tomber à la vue de cette dernière photo avec Lola.

Joue contre joue et le soleil qui se couche derrière sur la mer, nous sommes là. Elle, toute souriante avec des yeux remplis d'un vif éclat et des cheveux blond vénitien qui se confondent avec le rouge de l'horizon sous l'action d'une brise. Moi, le regard bercé par cette histoire inouïe commencée six mois plus tôt et dont jamais je n'aurais envisagé l'existence. Les couleurs chaudes et son sourire déclenchent un vent intérieur intense depuis la poitrine jusqu'à la pointe des pieds en soulevant chaque poil de mes bras. C'était nos premières vacances, la première fois qu'elle venait en Normandie. La première fois que je lui présentais ma mère et ma grand-mère. Elle s'est tout de suite plu ici.

Lola…

J'entre dans la chambre.

Assis sur le lit, j'envoie un mail au patron ; je serai sûrement en retard lundi matin, il comprendra.

Au moment de poser le téléphone sur la table de chevet, ma main s'arrête et mes doigts reprennent pour ouvrir le répertoire et défiler les noms jusqu'à « *Lola Amour* » :

« Bonsoir Lola, juste pour te prévenir ; mamie Lucie, elle a fait un malaise. Maman l'a retrouvée inconsciente dans son jardin, je prends le premier train demain pour Caen.

Je pense à toi tout le temps…

J'aimerais comprendre pourquoi…car je vais devenir fou sans toi… »

Mes doigts s'arrêtent quelques secondes et appuient sur l'icône d'envoi.

Je ferme la messagerie et repose le téléphone sur la table.

Deux minutes plus tard, il clignote.

Malcolm.

Il commence à s'inquiéter que je ne lui réponde pas.

Heureusement qu'ils sont là eux, heureusement qu'ils sont là.

Chapitre 4

La première chose que j'ai entendue fut trois coups de klaxon, la première chose que je vis en ouvrant les yeux fut le réveil affichant 6h40.

Le train allait partir dans vingt minutes et mon réveil s'était planté. À la place, ce fut mon voisin, M. Hilare qui me tira miraculeusement du lit. J'avais laissé la voiture devant son garage et il ne pouvait plus sortir. Vu sa fureur quand j'ai ouvert la porte, il devait déjà être en retard pour un rendez-vous :

- Mille milliards de mille sabords !!! Vous croyez que vous êtes seuls à habiter ce quartier ??? Aucun respect pour les anciens ces jeunes ! Commença-t-il à maugréer.

M. Hilare fait partie du conseil municipal et l'affiche bien fièrement avec une carte sur le pare-brise. Depuis le temps, je le soupçonne aussi d'être un véritable fan de Tintin et d'être légèrement sous l'emprise du capitaine Hadock.

- Je vous prie de m'excuser monsieur Hilare, je bouge la voiture tout de suite, j'ai eu une urgence familiale hier et…
- Le moule à gaufres, il ose encore répliquer ! Rouspéta-t-il un cran au-dessus.

Devant cet énergumène hostile à la jeunesse du quartier, deux choix se présentèrent à moi : soit répondre comme le lama dans tintin au Tibet soit adopter la sagesse de Tintin.

Etant en tort et très pressé, j'ai préféré la seconde option.

À peine libérée, sa voiture partit en trombe et laissa derrière elle un nuage de poussière aussi large que la route.

Il me restait exactement quinze minutes.

Par chance, je suis arrivé à la gare à 6h57 et à 6h59 j'entrai dans le premier train que je vis à quai.

Aussitôt monté, aussitôt les portes se sont refermées et aussitôt le chef de gare donna trois coups de sifflet.

Bien qu'essoufflé, j'ai accroché le premier passager à l'intérieur : une mère de famille tenant dans ses bras son enfant en train de pleurer. Par-dessus les cris qu'il poussait, elle m'assura que le train allait bien à Caen et je pus enfin souffler et décompresser.

Cinq compartiments plus loin, je trouvai ma place.

Le passager devant moi lisait un magazine avec Napoléon Bonaparte en couverture ; un magazine sur l'histoire de France apparemment.

Le jeune à côté de lui avait des écouteurs gros comme des moitiés d'oranges fixés à ses oreilles et avait les yeux rivés sur son portable. Non seulement la musique qu'il écoutait nous parvenait avec une acuité très précise mais surtout, celle-ci n'était pas du goût de son voisin, les sourcils bloqués en position rez-de-chaussée jusqu'à Moulins où le jeune sortit.

Profitant du calme consécutif à la fermeture des portes, je suis allé recontacter l'hôpital. Une femme a décroché et m'a confirmé l'arrivée de ma grand-mère la veille aux soins intensifs. Elle m'a aussi dit qu'elle était toujours inconsciente et que son état n'était pas encore stabilisé, qu'il fallait encore patienter.

Qu'il fallait encore patienter…

Quand j'ai raccroché, mon regard restait là à admirer ces paysages qui défilaient derrière la vitre sous un soleil timide. Au-delà des bâtiments et des maisons qui se succédaient de plus en plus vite, se tenait la chaîne des Puys. Ce n'est pas souvent que je la vois en quittant Moulins mais là, jamais ces montagnes n'avaient revêtu des crêtes aussi précises et nettes, jamais elles ne m'étaient apparues comme des phares et des repères.

Je les regardais et doucement elles s'en allaient.

Grand-mère était-elle aussi en train de partir ?

À nouveau une personne importante à mes yeux s'éloignait de moi et ce sentiment de vide m'effraya au plus haut point alors je me réfugiai dans mes souvenirs. Dans ce jour sombre où elle perdit mon grand-père, au message du prêtre à côté du cercueil ainsi qu'à la foule présente : des pilotes d'avions, de ses nombreux amis…tous avaient les yeux embués d'avoir perdu un être cher. Pourtant, face à ce drame, mamie développa une attitude à toujours faire face à la vie quelle que soit la difficulté, une force qui lui avait permis de toujours chercher des solutions et de s'y engager. Une force qui était si mystérieuse car tellement absente chez moi, plutôt remplacée par une fatalité et un négativisme écrasant comme le disait si bien Lola.

Les paysages qui défilaient me rappelèrent aussi la force de Lola. Sa volonté au début de notre relation de faire de chaque weekend un voyage. Elle avait une passion pour la découverte des villes qu'elle ne connaissait pas. Lyon et la colline de Fourvière, Dijon et la chouette de l'église, Clermont Ferrand et la marche au Puy de Dôme... Elle prenait toujours mille et une photos qu'elle montrait ensuite à sa famille et à ses amis. Elle a même tenu un blog à travers lequel elle donnait des conseils : *« N'allez pas ici, ne faites pas ça si vous êtes en amoureux… »*. Le blog s'est ensuite transformé en compte Instagram dans lequel elle pouvait voir les réactions des internautes.

Il y a deux mois, Lola est comme descendue du train et depuis hier, grand-mère s'apprêtait à faire de même…

Non, je ne t'abandonnerai pas Mamie !

Derrière, une voix me tire de ces songes :

— Bonjour monsieur, contrôle des titres de transport.

Je me retourne, la surprise égaie nos regards, il me tend la main :

- Hey, mais quelle surprise ! C'est bien vous cher Oscar ! Je ne m'attendais pas à vous voir repartir aussi tôt ! Que se passe-t-il cette fois ci ? Comment allez-vous ?
- Bonjour Jeff !

Eh bien on fait aller. Ce week-end, je ne rentre pas pour le plaisir.
Ma… ma grand-mère vient de faire un malaise et ma mère l'a retrouvée inanimée hier dans le jardin.

- Aie mince… C'est triste ces histoires… si jamais je peux faire quelque chose, n'hésitez pas !
- Merci c'est gentil.

Chaque fois que je me rends chez ma mère à côté de Caen, c'est Jeff qui est le chef de bord. À force, nous avons sympathisé surtout depuis quatre mois, date à laquelle il a gagné une petite somme d'argent en jouant au loto. Il rêve de s'installer en Normandie et à chaque fois, il me demande des renseignements sur les meilleures villes pour y habiter. Il n'est pas rare que je lui ramène des boites de sablés normands mais ce ne sera pas pour aujourd'hui.

Si seulement j'avais ce qu'il a sur son compte…

Je pourrais t'offrir une meilleure vie que ce que je t'ai apporté jusqu'à maintenant Lola…

« Lola ! »

Mon doigt appuie sur le bouton de mon portable et l'allume enfin.
Allez, allez, allez allume toi !

Un message ! Un message de Lola !

« Oscar, je suis sincèrement désolée pour ta grand-mère, transmets toute ma sympathie à ta mère et dis-lui que je pense bien à vous. »

Mon cœur regagne quelques degrés de vie quand le haut-parleur retentit et annonce les étapes des prochaines gares desservies.

Elle m'a répondu…

Chapitre 5

Maman n'est jamais en retard pour venir me chercher à la gare. Elle arrive toujours avec dix voire quinze minutes d'avance et elle ne dérogea pas à la règle cette fois-ci.

Quand je suis descendu du train, je l'ai vue au loin à m'attendre devant le kiosque à journaux. Elle m'attend toujours devant ce petit commerce. Elle me dit que ça lui permet de lire quelques pages de son magazine préféré en attendant l'annonce du train. Elle m'a vu mais ce ne furent pas les grands signes de main habituels qui m'accueillirent mais des mouvements plus légers. Le sourire habituel fut quant à lui remplacé par une mine assombrie et terne.

Elle m'a salué par une grande accolade et des restes de larmes se mirent à couler derrière ses lunettes de soleil.

- Tu as fait bon voyage mon chéri ?
- Comme d'habitude…

Sauf que j'ai bien failli louper le train ce matin.

- Et toi maman, ça va aller ?
- Ça va aller oui.

Je savais au fond qu'elle me cachait toute sa douleur. Le son de sa voix trahissait une détresse insoupçonnée.

- Ecoute Oscar, les visites à l'hôpital ferment à 19h30, il faut qu'on se dépêche si tu veux la voir ce soir.
- Entendu !

Au moment de monter dans la voiture, j'eus le courage de lui poser la première question.

- Il…il y a eu du nouveau sur son état aujourd'hui ?
- Quand je l'ai quittée tout à l'heure, elle n'avait pas repris connaissance. D'après les médecins, son état n'est pas stable et ça peut s'emballer à tout moment.
- Et ils ne t'ont pas dit ce qui s'était passé ?
- Eh bien d'après eux, ce pourrait être son cancer qui a touché une zone nerveuse mais ils n'en sont pas certains. Elle doit passer des examens plus approfondis, termina-t-elle avec une voix proche du sanglot.

Ma main n'eut d'autre choix que d'aller se poser sur son épaule pour lui adresser mon soutien.

Après vingt minutes de route, un bâtiment blanc aussi haut que large apparut derrière les maisons. Sans attendre la confirmation de maman, je sus que ce fut l'hôpital de Caen.

Après avoir garé la voiture, nous sommes entrés dans un autre bâtiment jouxtant le premier. Un bâtiment à première vue plus moderne : une forme d'ogive accueillante, des baies vitrées au plafond laissant passer la lumière, des passerelles entre les deux côtés, un cocon orange au bout de l'allée…ce design et cet ensemble vinrent apaiser les craintes du premier édifice visible depuis la route.

Les personnes de la réception nous ont renseignés et quelques minutes plus tard à travers les entrailles de ce bâtiment, nous sommes arrivés dans un couloir avec des numéros de chambre :

- 201, 202, 203…204, c'est ici !

Elle posa délicatement sa main sur la poignée, frappa trois fois à la porte et l'ouvrit.

Dans la chambre, mamie Lucie était là, allongée sur un lit. Ses yeux fermés, elle semblait reposer dans un sommeil plus que profond et seule la batterie de monitorings installés à sa gauche et à sa droite venait perturber la tranquillité palpable de cette chambre.

Maman se dirigea vers la table en face du lit, prit un des deux vases vides et y déposa les fleurs qu'elle avait apportées. Un autre bouquet était présent à côté.

- Celui-ci provient sûrement de tatie Suzie. Je l'ai croisée quand je suis partie te chercher tout à l'heure.

Nous nous sommes assis, l'un à sa gauche et l'autre à sa droite et maman a commencé à lui raconter les nouvelles du jour.

- Les médecins disent qu'il y a des chances qu'elle puisse nous entendre… me dit-elle en chuchotant.

J'acquiesce par un hochement de tête rassurant mais à l'intérieur, je résiste pour ne pas m'effondrer. Je perçois la limite que peut contenir mon barrage intérieur, j'ai encore de la marge, je peux encore être rassurant mais pour combien de temps ?

Est allongée devant moi une des personnes qui a le plus compté dans ma vie, une des personnes qui nous a le plus aidés à reprendre pied à la vie. J'ai envie de la serrer fort dans mes bras, de la relever, de la réveiller. Je dois me contenir. Pour maman, je dois me contenir et lui apporter un soutien indéfectible.

Maman continue à lui raconter les nouvelles lorsque des médecins frappent à la porte et entrent dans la pièce. Ils demandent s'ils peuvent parler à ma mère dans le couloir et elle les suit.

Je suis seul avec mamie. Les souvenirs remontent :

Ce jour de mai 1999 où les gendarmes sont arrivés à son pallier pour lui annoncer l'accident de papi Lucien. Il était 20h14, elle était en train de coudre sur la terrasse, leur voiture s'est arrêtée, mamie s'est levée, a marché lentement dans leur direction. L'un des deux gendarmes ouvrit la bouche, mamie acquiesça de la tête, porta ses mains à son visage et s'affaissa au sol de tout son poids.

Jamais je n'oublierai le cri de douleur et ses pleurs, jamais.

Peu de temps après l'accident, elle a développé une forme de cancer au cerveau. Le stress et l'inquiétude nous ont dit les médecins. Elle a réussi à suivre un traitement qui parvenait à stabiliser son état mais depuis six mois, la maladie la rattrapait et même face à cela, elle gardait une confiance dans la vie qui chaque fois vint recharger mes batteries.

Quelques minutes plus tard, la porte de la chambre s'ouvre et ma mère entre avec un visage décomposé.

Je viens vers elle et elle me répond :

- Ils…ils ont dit qu'elle en a encore pour trois semaines tout au plus…

Mon barrage s'effondre.

Ma mère m'enlace.

Mamie va nous quitter dans moins d'un mois…

Chapitre 6

La vie vous prend les êtres les plus chers au moment même où vous appreniez vraiment à les connaître.

D'ailleurs, qu'y a-t-il après cette mort ?

Un paradis ? Le néant ? Une salle de réception ? Un monde imaginaire ? En tout cas, je suis sûr que là où tu iras, tu pourras retrouver ton Lucien et que vous pourrez enfin voler ensemble.

Il était 21h14 quand maman s'est assise épuisée sur une chaise de la cuisine.

À chaque fois que je reviens dans cette cuisine, un certain réconfort m'envahit. Tant de fois nous avons préparé des desserts que nous amenions ensuite aux grands-parents installés à seulement vingt-cinq minutes à pied. Mais ce soir-là, l'ambiance était tout autre, portée vers une tristesse et une morosité insondable.

Elle releva la tête vers moi :

— Désolée, ce soir, ce sera du décongelé. Je n'ai pas eu le temps de cuisiner ces derniers jours.
— Ne t'en fais pas, c'est parfait maman.

En temps normal, maman avait l'habitude de préparer les repas au moins deux jours en avance, des plats tous aussi délicieux les uns que les autres. J'ai beau lui dire de ne pas en faire autant, elle ne trouve pas d'autres réponses que de me dire de manger.

Nous avons diné dans le calme et vint de sa part une question qui me remua les entrailles :

- Et… et toi avec Lola, ça va mieux ?

Sur le coup, j'ai préféré ranger les assiettes dans l'évier.

- Hum avec Lola…
- Pas tout à fait...

Après un léger temps de silence, elle reprit :

- Elle… elle ne t'a rien donné comme explication ?
- Pas tellement non… j'ai du mal à comprendre.

Quelques instants passèrent et devant cette ambiance de partage, je me décidai à sortir un peu plus de ma coquille :

- D'après elle, je ne suis pas assez à l'écoute et je l'étouffe de trop. Elle m'a dit que souvent je lui mets la pression mais rien de plus... Tu trouves que je mets la pression aux gens toi ?
- Non pas du tout, quelle idée ! C'est peut-être simplement elle qui a eu peur de s'engager ou peur de l'avenir…
- Je ne sais pas car justement c'est elle qui…

Avant de pouvoir terminer ma phrase, une lumière verte s'est allumée sur mon téléphone. Malcolm voulait prendre des nouvelles.

- C'est elle qui ? Me relança maman.
- C'est elle qui avait sûrement le moins peur entre nous deux.

Sentant la gêne, elle termina en amenant les cuillères :

- Arf, tu en retrouveras vite une autre, ne t'inquiète pas mon chéri !

Maman a toujours eu à cœur de m'élever plus qu'il ne fallait, j'étais son fils unique et elle m'avait tout donné. Ainsi fallait-il faire le moins de vagues possible, ne pas la brusquer, la laisser m'appeler « *mon chéri* »…

Nous avons débarrassé la table et nous sommes allés rejoindre nos lits, fatigués des dernières journées.
Avant de rentrer dans ma chambre, elle m'a fait signe :

- Oscar, le dimanche, les visites débutent à 10h00. Il nous faut trente minutes pour y aller, il faudrait ainsi demain qu'on parte pour 9h15.
- Entendu, je serai à l'heure.

Je me suis couché dans le calme et le silence vint nous accompagner dans la nuit.

Le lendemain, avant de partir, j'ai pris dans mon sac les deux livres préférés de mamie : *« Au nom de tous les miens »* de Martin Gray et *« le Petit Prince »* de Saint-Exupéry. Elle aimait beaucoup ces deux livres. Le premier car ça lui rappelait son enfance durant la guerre et le second l'avait accompagnée depuis le décès de papi. C'était pour elle je crois une manière de retrouver un peu l'aviateur qu'elle avait perdu.
Quand nous sommes arrivés dans sa chambre d'hôpital, les fleurs de la veille n'avaient pas bougé ; tout était resté en place. J'ai alors sorti les deux livres et j'ai commencé la lecture. La rose, l'aviateur, le renard…
Au contact de ces trois personnages mystérieux, jamais le Petit Prince ne m'a apparu aussi désolé et perdu. Mamie quant

à elle est restée silencieuse et calme tout l'après-midi.

À 19h25, maman est venue frapper à la porte et m'a fait signe qu'il ne fallait pas tarder si je voulais prendre mon train.
J'ai attendu que maman ressorte pour venir prendre délicatement la main inerte de mamie et lui souffler à l'oreille « merci ».
Avait-elle resserré l'étreinte de sa main l'espace d'une seconde ? Je n'en sais rien mais jamais je ne l'ai sentie aussi apaisée et bienveillante. Elle semblait prête pour s'envoler aux côtés du Petit Prince et rejoindre son Lucien. Etais-je prêt à la laisser ? Je ne sais pas.
J'ai pris la veste sur la chaise croyant qu'un visiteur l'avait oubliée et j'ai refermé la porte en lui adressant un regard que je savais être le dernier.

Jamais je n'avais dit au revoir à quelqu'un de son vivant et une paix indescriptible et incompréhensible emplit mon cœur au moment où je fermai la porte.

Une fois dans la voiture, maman m'adressa un geste de sympathie par une accolade sur mon épaule.

- Allez, ton train part dans une heure, il faut y aller, me dit-elle.

Elle mit la clef de la voiture dans l'encoche et porta son regard en direction de la veste que j'avais prise :

- Cette veste, ça tombe bien que tu l'aies prise. On a juste le temps de la ramener chez mamie et je lui en ramène une autre demain.
- C'est…c'est la veste de grand-mère ? lui répondis-je aussitôt.
- Non… c'est…c'est la veste de pilote de ton grand père.

Sûrement est-ce tatie Suzie qui lui a amenée pour qu'elle se sente moins seule mais je lui en amène une autre demain.

- La veste d'aviateur de grand père ???

Elle ne me répondit que par un hochement de tête et démarra le moteur.

La veste était usée par le temps à la vue des traces et des fils de couture qui dépassaient ici et là. Ce fut la première fois que je tenais quelque chose ayant appartenu à grand père. J'avais beau chercher, aucun souvenir n'était présent dans l'appartement. Pas d'insignes, pas de médailles…rien excepté quelques photos.

En dépliant délicatement la veste, je découvris un insigne au niveau de l'épaule : un aigle survolant un pont et sur l'autre épaule, un insigne sur lequel était écrit le mot « *Albiréo* ».

Persuadé de tenir un objet inestimable me reliant à mon passé incertain et flou, je lui demandais si mamie avait gardé d'autres effets qui le concernait.

Etrangement, elle me répondit d'un ton sec et inhabituel par la négative.

Sûrement était-elle fatiguée par sa semaine.

Quinze minutes plus tard, elle s'arrêta devant la maison de mamie.

- Suzie doit être à l'intérieur pour nourrir les chats. Est-ce que tu peux lui rapporter la veste, je dois rappeler la cousine de maman…me demanda-t-elle.
- Bien-sûr, lui répondis-je.

À l'intérieur, tatie Suzie, une lointaine cousine qui aidait beaucoup mamie en lui rendant visite, s'occupait effectivement de nourrir ses deux chats.

À vrai dire ce n'était pas tellement les siens mais ces deux-là ont eu de la chance.

Ils étaient encore bébés lorsque mamie les a trouvés dans son garage. Quand elle les a vus, elle les a juste nourris en espérant que leur mère revienne mais celle-ci n'est jamais revenue. Au fil des jours elle s'est attachée à eux deux et ils lui ont apporté beaucoup de réconfort dans sa solitude car papi était déjà parti depuis longtemps.

J'échange deux mots avec Suzie et me dirige vers la penderie où mamie rangeait ses affaires.

J'ouvre la porte, allume la lumière, plie soigneusement la veste en quatre et la repose au-dessus d'une pile de vêtements en essayant de ne pas la faire tomber.

Je regarde brièvement au-dessus et en dessous : pas d'autres objets en lien avec l'aviation.

Je referme la porte quand quelque chose attire mon attention : un bout de papier dépasse du dessous des vêtements.

Après deux secondes de réflexion et un coup d'œil en arrière, je me grandis et attrape le papier cartonné.

À la lumière, c'est une carte postale avec un paysage de montagne en noir et blanc.

Derrière, une écriture fine et fluide :

« Chère Lucie,

Je ne sais pas si je vous reverrai un jour mais sachez que votre sourire hier m'a apporté quelque chose qui m'était alors inconnu et que je peine actuellement à définir. J'espère vous revoir et que votre cheville guérira très vite.

J'ai trouvé votre adresse sur le registre de l'accident, j'espère que vous ne m'en voudrez pas.

Lucien. »

Une chaleur, un lien, un frisson depuis le cœur jusqu'au bout des pieds.
Je lis l'adresse d'expédition :
La taid
38000 Saint Perier

Les tremblements arrivent, les autres émotions disparaissent ; une lettre…une lettre de grand père adressée à mamie !

Deux coups de klaxon résonnent de l'extérieur : Maman ! Vite mon train !

Je salue tatie Suzie et referme la portière. Deux secondes après je suis dans la voiture.
La carte postale dans ma poche, maman démarre.

À cinq minutes de notre destination. Je me décide enfin à rompre le silence pour un sujet trop rarement abordé :

- Maman…
- Oui ?
- Papi… Est-ce qu'il habitait dans les Alpes dans sa jeunesse ?

Elle met la cinquième vitesse et donne une légère accélération :

- Hum non non, il était de l'arrière-pays normand ton grand père. Pourquoi ? C'est tatie Suzie qui t'en a parlé ?
- Non, juste comme ça…
- Mais toi, tu sais comment ils se sont rencontrés avec mamie ?
- Non !

Maman poursuit :

Tiens Oscar prépare toi, on va arriver.

Quelques secondes plus tard, la voiture freine et s'arrête sur une place de parking.

- Ça va maman ?
- Ça va très bien merci, me lance-t-elle avec un ton plus tranchant encore.

Je préfère taire un sujet que je sais lourdement sensible.
Après une grande expiration, elle poursuit :

- Allez… ton train va partir.

Nous sortons de la voiture, je prends ma valise, rentre dans le hall de la gare et pose ma main sur son épaule.

- Ne t'inquiète pas, ça va aller pour mamie…je reviens vite vous voir !

Un second hochement de tête marque un acquiescement favorable à ma proposition.

- Sache juste que nous t'aimons très fort, me dit-elle.
-
- Moi aussi je vous aime.

Le chef de gare annonce le départ, je monte dans le compartiment devant moi et laisse ma mère sur le quai. Les portes se ferment et le train amorce lentement son départ. À travers la fenêtre, je la vois qui essuie des larmes à l'abri des regards. Nous nous faisons un léger signe de la main et je devine sur ses lèvres *« fais bon voyage et merci »* et sa silhouette de disparaître derrière d'autres personnes.

Encore et toujours ces mêmes images au moment de partir…

Après quelques secondes devant cette vitre, je trouve ma place et le paysage commence à rapidement défiler dehors.

Pourquoi était-elle à chaque fois énervée à l'évocation de son propre père ?

Même si elle a toujours refusé de m'expliquer, je sais que ça a commencé par cette soirée où je les ai vus se parler dans la véranda alors que j'avais dix ans.

Ils étaient en train de prendre le thé et maman semblait expliquer quelque chose de sérieux à ses parents. Grand père semblait approuver de la tête et lui répondre calmement. Mamie elle, ne disait rien.

À la suite de cette soirée, je venais toujours autant chez eux mais jamais plus nous n'avons bricolé sur l'avion de papi, jamais plus nous n'avons ressorti le télescope de mamie et cela sans réelle explication. Ce jour-ci, il y avait trop de vent, ce jour-là trop de nuages…

Je ne comprenais pas ces changements car papi avait toujours été super avec nous.

Un jour, grand-mère osa braver l'interdit d'en parler et m'avoua que c'était par rapport au travail de Lucien que ma mère était en froid contre lui.

Faisait-il du trafic une fois parti ? Importait-il des substances avec son avion ? Jamais je ne sus la raison.

Après son décès lorsque j'avais douze ans, grand père est resté le grand père que j'ai connu et avec le temps, les traits sont devenus de plus en plus flous et ses paroles de plus en plus vagues. Ma mère refusant de m'en parler et ma grand-mère ne pouvant pas, il s'est comme progressivement estompé.

Et voilà que cette carte postale redistribue totalement les rôles, qu'elle rallume un feu trop longtemps éteint : la ville d'où fut envoyée cette carte, la ville où a probablement habité mon grand-père, je sais où elle se trouve, à seulement vingt minutes de route de l'appartement, au-delà du col de Pétro !

Chapitre 7

Bouton marche

Entrez le code Pin : 9687

Entrez le code de déverrouillage : 5784

Nouveau message

Choisir destinataire : Lola amour

Tapez texte :

Bonjour Lola, je viens seulement d'arriver à Grenoble, impossible de dormir dans ces trains couchettes… Je reprends le travail dans trois heures.

Je t'envoie juste un sms pour te dire que d'après les médecins, il reste deux voire trois semaines à mamie Lucie. C'était probablement la dernière fois que je la voyais…

En tout cas, bonne journée à toi…

Oscar

Chapitre 8

Quand je suis sorti de la gare, jamais le gris ne m'avait paru aussi imposant : les bâtiments, la route, le trottoir et ce ciel … cette chape de brume, on aurait dit qu'elle déversait toute sa mélancolie sur ce paysage urbain ; comme si la statue des « *Trois pics* » l'avait transpercée et que du gris en était sorti.

Grand père disait qu'au-dessus des nuages les plus menaçants, le soleil régnait toujours. Que même s'il pleuvait à verse, le soleil était toujours présent au-dessus.

Après cinq minutes, ce ne furent pas les éclaircies qui arrivèrent mais bel et bien le boulot. Il était 7h15 et un premier mail arriva sur mon téléphone, celui d'un client me demandant de passer dans la journée pour un dossier.

Mon regard se posa à nouveau sur le ciel en espérant une amélioration, un rayon, une éclaircie, mais rien n'arriva.

Pas même une réponse de Lola.

La voiture retrouvée, j'ouvris la portière, posa mon sac et mon ordinateur à l'arrière et mis la clef dans le contact.

Il me restait deux heures pour repasser chez moi, prendre une douche et aller directement voir ce client, j'étais large ; d'autant que la circulation était encore fluide et que j'étais pour une fois dans le bon sens de circulation.

Après dix minutes de trajet dans une ville qui commençait à s'animer, j'arborais une route en lacets sur une partie légèrement boisée et plus déserte. L'idée d'aller rendre visite à ce client ne m'enchantait guère. Déjà la dernière fois il m'avait appelé à 7h00 ! Et tout ça, car il avait mal lu le contrat établi la veille. M. Lenglet… ce simple nom suffisait à me donner la nausée. Patron de plusieurs imprimeries réalisant de gros volumes, il avait investi dans une nouvelle gamme d'imprimantes sensée lui apporter des économies sur l'encre. Une fortune. L'ensemble valait facilement quatre-vingt-cinq mille euros et son souci était de les assurer au meilleur coût sans vouloir payer plus qu'il ne fallait. Ainsi avait-il demandé des devis à toutes les assurances de Grenoble.

Après cinq minutes de route à monter à flanc de montagne, le vert de la végétation quitta le pare-brise pour à nouveau laisser la place au gris sombre du ciel.

Un coup d'œil à droite avec une vue plongeante sur la vallée, un second plus haut et plus long dans le pare-brise. Habituellement, le fort de Saint-Darney culmine à plus de 1300 mètres de haut et reste visible sur plusieurs kilomètres. Aujourd'hui, la masse grise qui domine le ciel le recouvre totalement.

Aussitôt, mes mains activent les feux antibrouillard. La route est déserte, il ne pleut pas encore, mieux vaut être prudent dès maintenant.

Quand je suis arrivé à Grenoble il y a huit ans, il m'arrivait souvent de créer des bouchons à l'intérieur même de ces brouillards. Déjà que je n'allais pas vite dans les routes de montagne, alors avec une visibilité encore plus faible… Les gens avaient beau me faire des appels de phares mais jamais je n'accélérais. Maintenant ça va mieux et je commence à m'y habituer.

La route continue à monter en lacets et au terme du troisième virage, le mur de brouillard apparaît au loin.

Il se présente tel un rideau bien défini et opaque et plus la voiture se rapproche, plus une sensation étrange émerge derrière ma poitrine.

Une voix familière me revient :

« *Tu es là dans le cockpit de l'avion, trente minutes ont passé depuis le décollage et l'appareil continue de prendre de l'altitude. Les éléments au sol deviennent tous de plus en plus petits. Les voitures ressemblent à des fourmis et les maisons à des petits cailloux. C'est alors cher Oscar que tu commences à voir ce plafond de nuages se rapprocher de plus en plus. Il approche doucement et tu ne vois pas ce qu'il y a derrière mais lui se rapproche. Tu continues comme ça à lui faire face pendant dix minutes et d'un coup, tu rentres dedans comme si tu fonçais dans un mur mais pour le coup sans le choc vu que les nuages sont translucides !* »

Les paroles s'évaporent et le mur devant moi arrive à grande vitesse : trente mètres, vingt mètres, dix mètres, d'un coup et sans prévenir, la vapeur enveloppe les vitrages, la lumière s'échappe et la peur m'envahit.

L'espace d'un instant, tout est calme et silencieux. La brume recouvre la voiture et seul le marquage au sol visible à seulement deux mètres défile sur le bas du pare-brise. Seul ce marquage au sol me maintient en vie et m'empêche une sortie de route qui serait pour le coup mortelle. Ayant été marqué par le récit de Stephen King sur le brouillard, je me contente de regarder droit devant moi sur cette route devenue déserte.

Longue inspiration, petites expirations, longue inspiration, petites expirations.

Pour une raison inconnue, mes mains recommencent à trembler et la voix familière revient à nouveau à la surface :

« *Une fois que l'avion pénètre à l'intérieur des nuages, il fait assez sombre et tu ne vois rien autour, c'est normal. Uniquement une vapeur grise sombre t'entoure, une sorte de nuit en plein jour.*

Quelques secondes plus tard, la lumière s'intensifie dans l'habitacle, signe que l'avion va bientôt ressortir des nuages, signe que les premiers rayons de soleil ne vont pas tarder à rentrer dans la cabine.
Tu perçois de la lumière mais celle-ci n'est pas encore là, mais elle arrive bel et bien.»

Alors que je tente de savoir d'où et de quand me reviennent ces paroles de grand père, la lumière s'intensifie progressivement tout autour. Une crainte m'envahit et d'un coup, les vapeurs disparaissent du pare-brise laissant place à un ciel bleu nuit au-dessus et jaune or à l'horizon.

Dégagée de la brume, la voiture continue son ascension et c'est maintenant une nappe blanche semblable à une plaine enneigée qui se déploie sur la gauche jusqu'à l'horizon, jusqu'à ce soleil sur le point d'émerger.
Les dizaines de regards vers ce paysage insensé m'absorbent littéralement quand des coups de klaxon retentissent. Je roule au milieu de la route, une voiture arrive en face, en un coup de volant je l'évite de justesse. Il faut que je m'arrête.
Cinquante mètres plus loin, je trouve un accès à un chemin de terre qui longe la route, assez de place pour y garer la voiture.
Aussitôt le contact arrêté, j'ouvre la portière et me précipite au dehors.
Au dehors où la vue de ce paysage inouï m'échappe complètement.

À gauche, à droite au loin, du blanc partout ! Partout !

Sur plusieurs kilomètres voire des dizaines !
Aucun bâtiment ! Juste du blanc ! Juste des mottes de vapeur qui s'élèvent ici et là avant de disparaître. Uniquement du blanc !

Comme un océan dont les eaux se seraient figées l'espace d'un instant.

Un océan de neige incommensurable et juste au-dessus, un ciel qui gagne en luminosité au fur et à mesure que le soleil enflamme l'horizon. Un océan où chaque vague et chaque goutte se trouveraient en apesanteur.

Tout ce blanc, cette pureté…

QUEL SPECTACLE !

À fixer un point au sein de cette étendue et c'est tout l'ensemble qui se déplace vers la gauche à une vitesse quasi imperceptible mais suffisante pour ne pas le confondre avec une plaine enneigée.

Tout cet océan qui commence cinquante mètres plus bas se déplace lentement et le tout dans un silence déconcertant.

J'ai beau tendre l'oreille, je n'entends rien, pas même les oiseaux, rien.

Juste cet espace inimaginable.

Plus bas, une autre personne est assise et semble admirer le point de vue depuis la zone de contact terre/nuage. On pourrait croire à un vacancier assis sur une plage à observer la mer devant lui.

Assistant à un phénomène extraordinaire et disposant de facilement une heure, quelque chose me pousse à aller le saluer.

Après quelques minutes, mes jambes suivent cet élan intérieur et me lancent dans la descente à flanc de montagne.

Est-ce cela que les anciens du village appellent une mer de nuages ?

Aucune idée mais c'est extraordinaire !

Je me rapproche assez vite de lui et vingt mètres plus bas, me voilà à sa hauteur.

On dirait bel et bien un touriste qui serait assis sur une plage à contempler la mer. Et même, à bien y regarder, on pourrait croire qu'il est assis sur la brume ! Sûrement y a-t-il une butte d'herbe juste en dessous qui est recouverte par la vapeur.
Il me tourne presque le dos mais j'arrive à voir la couleur de ses cheveux, celle de la soixantaine et de la retraite, celle qu'aurait dû avoir grand-père à cette période…et vu les épis sur sa tête, il vient sûrement de se réveiller !

Un sourire s'esquisse sur mon visage, le méli-mélo du cerveau s'apaise et se relâche comme un élastique qu'on aurait trop tiré. Devant nous se dresse un panorama inouï, un spectacle auquel jamais on ne m'avait invité...

Il se retourne !

- Hey bonjour !

De face, il arbore de petites lunettes rondes autour desquelles semble se ramifier un réseau important de rides et une barbe de quelques jours bien entretenue.

- …bon bonjour…, je lui réponds hébété.

À nouveau il se retourne l'espace d'une seconde :

- Belle vue n'est-ce pas ?
- Euh…oui oui !
- C'est vraiment sympa pour commencer la semaine !

Son sourire déjà présent s'accentue à ma remarque :

- Et encore, vous n'avez pas vu les paysages du mois dernier !

De sa voix émane quelque chose à la fois de jovial et d'authentique. La voix de quelqu'un qui aurait trouvé un vrai bonheur dans une chose simple et qui m'invite à développer :

- D'habitude je ne passe pas par cette route… jamais je n'ai vu quelque chose de pareil, jamais !

Et mon regard de se perdre à nouveau dans cet infini de blanc devant nous.

Vingt secondes plus tard, il se retourne mais cette fois-ci plus longuement. Il porte une veste « deux boutons » noire lui procurant un aspect sérieux et chic, l'image d'un sénior qui reste connecté à sa société.

Il me regarde, avance sa tête et ses yeux se plissent comme s'il cherchait à mieux voir à travers ses lunettes.

Trois secondes plus tard, ses yeux s'ouvrent en grand et il se retourne à nouveau vers cet océan blanc avant de revenir en ma direction :

- Vous…vous n'êtes pas d'ici vous, je me trompe ?
- Hum non, ça fait un peu plus de huit ans que j'ai emménagé ici.
- À la base, je suis de Normandie.

(…)

- Normandie ? Me répond-il l'air encore plus étonné.
- Oui c'est ça ! Et je dois dire que nous n'avons pas ce genre de paysage là haut.

Un autre sourire se dessine sur son visage :

- Non mais vous avez les plages sauvages, la tranquillité, la sobriété. C'est un beau coin la Normandie !

- C’est vrai, je concède en souriant.

Un profond et court silence aboutit à lui retourner la question :

- Parce que vous, vous habitez ici ?
- Je viens souvent ici ces dernières semaines oui, me répond-il.

Quelque chose de jovial et vrai mais quelque chose d’apaisé en même temps.

À nouveau il se retourne et m’adresse la parole :

- Vous…vous faites une randonnée vous ?

Une randonnée ? Avec mon jean et mes derbys ?

- Ah ce serait avec plaisir pour une petite balade mais c’est plus le travail qui m’attend là.

Il sourit à ma réponse.

(…)

J’avance de quelques mètres au niveau de cette frontière aussi mystérieuse qu’irréelle, m’accroupis et porte ma main à d’abord effleurer cette vapeur en surface.

L’image qui me vient est celle d’un immense tapis blanc qu’un roi se serait confectionné pour son royaume.

Je plonge ma main dans la brume et une autre image me vient, celle de Lola.

Ce moment où elle est restée au bord de l’eau à tremper sa main et à la ressortir la première fois qu’elle est venue en Normandie. Elle admirait le fait que son corps était dans l’eau, qu’il faisait partie de cet élément.

Du coin de l'œil je vois qu'il me regarde :

- Ah vous pouvez y aller, il n'y a pas de crabes dans celle-ci.

Un second sourire, plus long et plus franc se dessine et m'invite à poursuivre la discussion tout en me redressant :

- Et vous…vous faites de la randonnée ?
- Hum, non pas tout à fait. Je viens ici pour me reposer, pour souffler un peu !
- Vous travaillez encore ? Enfin je veux dire vous travaillez dans quoi ?
- Alors en ce moment, j'entretiens un aéronef et ça demande beaucoup de travail...

Je le regarde encore plus hébété.

- Un aéronef ?
- Oui, me lance-t-il sans attendre. Une sorte de dirigeable amélioré si vous voulez.
- Vous parlez de ces immenses ballons qu'on utilisait avant-guerre ?
- Oui c'est ça exactement. Mais avec la technologie actuelle, ces engins deviennent vraiment intéressants et écologiques pour le coup.

Ne sachant comment poursuivre cette discussion devenant aussi curieuse que le paysage, un autre silence se déploie. Voyant mon incompréhension, il poursuit :

- En fait c'est un projet en lien avec la « Fête des étoiles » qui aura lieu dans cinq mois.
- La fête des étoiles…Vous parlez de cette soirée époustouflante qui chaque année tombe à l'eau à cause des nuages ?
- Oui c'est ça ! Vous êtes déjà venu ?

J'hésite un instant mais je ne trouve pas d'autres solutions que de lui parler de Lola.

- Non pas encore mais ma…ma compagne travaille dans la communication et dans son premier poste il y a cinq ans, elle s'était occupée de toute la campagne de communication. Je me souviens qu'elle avait vraiment apprécié cette fête et était heureuse d'y avoir contribué. Surtout que ça avait été une réussite si je me souviens bien.
- C'est exact ! Cela fait neuf ans que nous avons une météo capricieuse avec des nuages partout. Neuf ans que vous ne pouvez absolument rien voir. Pas même la lune, rien ! À l'exception de l'édition de 2014, c'est à chaque fois horrible : les gens arrivent dans l'espoir que les nuages se lèvent un peu mais rien à faire, ils repartent tous limite en pleurant, termine-t-il avec une pointe de nostalgie.
- Et ça a toujours été comme ça ?

Il lève sa main assez haut pour me répondre :

- Pfiou non… avant 2010, il y avait des gens de toute la France et des étrangers à profusion ! Tous les hôtels et chambres du département étaient complets le temps d'un weekend. Plus aucune place de parking, plus aucune baguette en boulangerie ! Mais au fil du temps et des échecs, l'intercommunalité a drastiquement baissé ses financements et seul un petit comité dirige la préparation.

Il s'arrête et plonge son regard dans cet infini en poussant une légère expiration de désespoir avant de continuer :

- Si à nouveau la météo est capricieuse cet été, ce sera la dernière édition d'après le comité.

Je rejoins son regard vers cet infini de blanc auquel le soleil ajoute à chaque minute une teinte davantage dorée. Le soleil se lève. Une question me revient :

- Et…et quel est le lien avec les dirigeables ?

Les premiers mots de sa réponse me parviennent avant que mon téléphone ne vienne le couper. Mon patron… :

- Allo Oscar ?
- Oui j'écoute,
- Dites-moi, je viens de recevoir un appel de M. Lenglet, il me dit que vous n'êtes pas encore là, tout va bien ?
- Oui c'est bien ça sauf qu'il m'a demandé de passer à partir de 9h et non 8h.
- Entendu, je compte sur vous.

À peine termine-t-il sa phrase qu'il raccroche comme à son habitude. Une habitude qui a le don de me mettre en pétard généralement mais devant ce paysage, il y aurait de quoi éteindre de nombreuses mèches.

- Le travail ? Me demande t-il.
- C'est exact. Je…je vais devoir y aller.
- En tout cas, ce fut un réel plaisir !
- Eh bien un plaisir partagé !
- Oh, j'y pense !

Il fouille dans sa poche et en sort un portefeuille usé de bien vingt ans. Il l'ouvre, prend une carte et me la donne.

- Tenez, si vous voulez en savoir plus sur notre projet vous n'avez qu'à passer à l'atelier, on est ouvert tous les jours du mardi jusqu'au samedi soir.

Je récupère sa carte et lis à voix haute la première ligne de l'adresse :

- *« Gaby Von Line »*.

Il lève sa main droite au niveau de ses épaules comme pour saluer :

- Enchanté, mais n'hésitez pas à m'appeler juste Gaby !
- Ok ok, lui dis-je en souriant. Eh bien, si un certain Oscar s'y présente, ce sera moi !

Je remets la carte dans ma poche.

- Alors à bientôt…Gaby.
- Au plaisir M. Oscar !

Avant de rentrer dans la voiture, je me retourne pour regarder à nouveau ce paysage inouï.

Quant à lui, il se lève et commence à repartir doucement le long de cet océan. Il repart et à certains endroits, on pourrait croire qu'il marche sur les nuages, étrange…

Je rentre dans l'habitacle, ferme la porte et plonge ma tête dans mes mains.

(…)

J'entretiens un aéronef ...

Il avait l'air vraiment sympa et joyeux mais était-il vraiment mécanicien pour dirigeables ?

Je ressors la carte qu'il m'a donnée mais cette fois ci, mon regard se fige sur la localité :

Gaby Von Line
Mécanique aéronautique,
Le brogu
38000 Saint Perier

Un vent chaud vient comme inonder ma poitrine avant de se propager jusqu'au bout des pieds.

Je ressors l'autre carte postale, celle envoyée par mon grand-père et sur le tampon, la même localité : Saint Perier !

En un instant et sans comprendre pourquoi, je ressors de la voiture et cours au-delà de la route mais il est déjà parti.

Je regarde alternativement l'une puis l'autre carte avant de fixer à nouveau la mer de nuages.

Le vent chaud se précise en une agitation de tous bords et je sens mon cœur s'envoler comme si celui-ci venait d'approcher une vérité qu'il cherchait depuis longtemps. Comme si je tenais entre mes mains deux objets qu'une coïncidence lumineuse aurait réunis à quelques jours d'écart à mon attention.

Deux indices soulevant des trappes de mon passé et qui convergent tous les deux vers un même endroit.

Le fruit du hasard ?

Est-ce moi qui vois des signes partout ?

Les questions s'amenuisent et laissent doucement place à un long silence.

La voix de grand père revient :

Une fois la lumière retrouvée, je fais monter l'avion encore cent mètres et je bloque mon altitude.

Il te suffit alors de baisser légèrement la tête pour admirer une plaine de neige qui se déploie à perte de vue.

Tu vois, il peut pleuvoir, neiger ou encore faire mauvais, toujours le soleil brille au-dessus des nuages.

Toujours je l'ai trouvé en tout cas.

(...)

Il faut que j'aille sur place !

Chapitre 9

« Patient, acharné, bosseur, qui ne compte pas ses heures… ». Avant le départ de Lola, j'entendais tous les vendredis soir ces remarques à mon sujet. Toujours au moment de fermer la porte, le directeur glissait à ses associés ces attributs qui me procuraient une très grande fierté. La réunion pouvait se dérouler juste après le déjeuner ou à 15h00, chaque fois à la fin de celle-ci, je l'entendais féliciter le travail accompli dans la semaine. Un soir, j'ai même eu droit au titre de « *Stakhanovauburo* ».

Mais depuis le départ de Lola, les compliments ont cessé alors même que je travaille davantage.

Depuis deux mois, rien. Pas un mot à mon sujet. Uniquement le silence lorsque la réunion du vendredi s'achève. Un silence qui me désempare et me stresse le restant du weekend.

Cependant, la direction de l'entreprise a beau ne plus me féliciter, il y a un client qui a dû réactiver le mot « *patient et pédagogue* » que je viens d'entendre en sortant de la réunion : M. Lenglet.

Pédagogue ou patient ?

Je venais de voir l'un des plus beaux paysages de ma vie et tenais une double piste pour redécouvrir mon grand-père, ce lundi fut un très bon jour. Vingt minutes après avoir quitté

Gaby ainsi que la mer de nuages, je suis entré dans l'imprimerie de M. Lenglet. À ma vue, il a tout de suite demandé si mon déplacement allait être facturé. Une fois qu'il a su que c'était une visite commerciale dans l'attente d'un contrat, il a poussé un gros « *ouf* » de soulagement. Il s'est détendu, a ouvert un gros classeur et a commencé à me poser tout un tas de questions.

- Dites-moi, ce prix-là en gras, il signifie quoi, me demanda-t-il en baissant ses petites lunettes pour me regarder dans les yeux.
- Ce chiffre désigne le nombre d'années pendant lesquelles les imprimantes seront assurées, ce n'est pas un prix…lui ai-je répondu en m'efforçant de ne pas illustrer ma gêne.

Il reprit confus :

- Entendu, donc du coup, elles sont assurées pour huit ans mais…mais imaginons que je ne les utilise pas pendant deux ans on va dire, est-ce que je vais payer le même prix ?

À ce moment précis, j'ai hésité à lui répondre qu'il n'allait rien payer tant qu'il n'appuierait pas sur le bouton *« power »* mais la hâte de terminer ce rendez-vous fut plus forte. Je suis certain qu'il m'aurait cru en plus…

Au bout de la vingt-deuxième question, j'ai feint un autre rendez-vous qui allait commencer avant qu'il me reprenne la parole :

- Ah mais attendez ! C'est-à-dire que j'ai encore de nombreuses questions sur les systèmes de gestion…
- Je vais envoyer un mail à votre patron pour savoir si vous pouvez repasser demain. Vous êtes davantage pédagogue que vos autres concurrents qui sont passés avant !

S'il n'y avait pas eu le paysage et la rencontre du matin, je pense que j'aurais attendu la sixième question avant de m'énerver sur lui. D'autant qu'avec un excellent professeur à domicile tel que M. Hilare, les injures me seraient venues très facilement. Mais heureusement pour lui, ce fut un très bon jour.

Le lendemain, j'avais prévu d'aller visiter Saint Perier après le travail et ma journée commença par cette troisième visite chez M. Lenglet. À peine suis-je entré dans son imprimerie qu'il me posa tout un tas de questions. Je ne sais pas si ce fut l'euphorie ou l'adrénaline mais ma patience est allée jusqu'à la question numéro 42. À partir de la 43, j'ai à nouveau feint un rendez-vous et à nouveau il me congratula pour ma patience et ma pédagogie au moment de sortir. C'est à ce moment-là qu'il a dû appeler les patrons pour le leur dire.

Au cours de la pause de midi, j'en ai profité pour regarder précisément le chemin jusqu'à Saint Périer au cas où le GPS me lâcherait.

Quand arriva 17h30 et la fin de la journée, le patron m'envoya un mail avec comme objet :
« *Devis à préparer pour mercredi* ».

En temps normal, j'aurais attendu le lendemain pour les préparer mais quelque chose me retint. Comme si je voulais mener cette enquête sur mon grand-père l'esprit tranquille, ne rien avoir en tête. Alors j'ai ouvert le mail et j'ai pris mon début de soirée pour préparer les devis remettant à plus tard mon expédition.

Le lendemain, l'énergie que j'avais reçue deux jours plus tôt continua à se déployer en moi. À tel point que j'en vins à aider Julien, un stagiaire que personne ne supporte en raison des multiples bourdes qu'il fait dont la dernière en date : mélanger les cartouches d'encre dans l'imprimante. Habituellement, nous sommes tous à le bâcher mais pour une fois, la situation de Julien fit naître en moi de l'empathie et je l'aidai toute la soirée à terminer sa synthèse à rendre pour le lendemain.

À nouveau le boulot me rattrapa jeudi soir mais vendredi me parut finalement être le bon jour pour me rendre à St Périer étant donné que je quitte à 16h.

Voilà dix minutes que la réunion est terminée et les patrons sortent enfin du debrief.

Leur récente appréciation me permet de partir l'esprit apaisé. J'avais fait du bon travail et cela s'était vu ! Une première depuis deux mois !

La tête enfin dégagée du boulot, direction Saint Perier !

À peine entré dans la voiture, je rentre la destination dans le GPS et celui-ci affiche une distance de vingt-six kilomètres pour un temps de trajet de quarante et une minutes.

Je mets la clef dans l'encoche et porte mon regard dans les hauteurs, au-delà des premières crêtes de la Chartreuse.

Un indice de mon passé se trouvait-il réellement au-delà de ces reliefs ?

Et comment réagira ma mère quand elle apprendra que j'ai bravé un interdit ?

Comme bloquée, ma main ne parvient pas à tourner la clef.

Le temps est clair mais à nouveau quelque chose me retient.

À nouveau ce vent contraire et triste.

Les questions arrivent de plus en plus nombreuses quand un SMS de Malcolm anime le téléphone.

Il insiste pour que je les rejoigne à 18h00 au Trini Pub, d'après lui, ça me ferait du bien.

Cette dernière possibilité vient accentuer un cafouillage certain et me paralyse encore plus.

Ne supportant pas cette indécision chronique, mon cerveau tranche deux secondes plus tard pour l'option la plus sûre. Il ne faut pas décevoir ses amis. Je pourrai faire mon expédition demain.

Aussitôt que je tourne la clé dans l'encoche, une tristesse plus grande s'installe et tout semble se détricoter à l'intérieur.

chapitre 10

Cette obscurité …
Cette solitude …

La mort ?

Peut-être pas non.

Peut-être pas car allongé ici, je me sens bien.

(…)

Une brise se lève et quelques nuages viennent doucement voiler le bleu du ciel.

« Tout ce que tu vois n'est en fait rien que la marque du passé »

- Grand père ?!

Je me redresse.

À gauche, à droite.

La barque tangue.

Au loin, des immenses rochers cernés par l’eau apparaissent dans la brume.

Le cœur s’emballe.
Les mains se crispent.
Le froid arrive.

Un bruit éclate, une planche vient de céder sous la pression, l’eau rentre en abondance dans la barque.

Oh non non non non !

La barque s’enfonce dans le noir,

Le bord disparaît sous la surface,

À l’aiiiiiiiiiiiiiiiiide !!!
À l’aiiiiiiiiiiiiiiiiide !!!

L’eau glaciale monte le long de mon corps,
le combat,
l’eau dans les poumons,
la corde se serre,
un rythme rapide, un rythme plus lent, un rythme très lent,
deux pulsations,
une pulsation,
la défaite,
le noir.

(…)

À nouveau cette voix.

- Oscar !
- Oscar ! Réveille-toi !

En un instant, j'ouvre les yeux, Malcolm est devant moi, il me calme.

- Désolé Oscar, j'ai vu que tu t'agitais dans tous les sens et je devais te réveiller. Ça va aller ?

À gauche, à droite, ma chambre !

- Encore ce fichu cauchemar…

Je le regarde.

- …Mais…mais qu'est-ce que tu fabriques chez moi ? Et qu'est-ce que je fous encore habillé dans mon lit et cette odeur c'est quoi ?

Je me redresse dans mon lit mais un mal de crâne me lance et me recouche aussitôt.

- Reste un peu allongé, me lance-t-il en me soutenant par les épaules. Il faut que tu te reposes. Je suis juste venu vérifier que tout allait bien. Heureusement que tu avais gardé les clés dans ta main ce matin.
- Ce matin ? Comment ça ce matin ?
- Eh bien,
- Toute la nuit j'ai regretté de t'avoir laissé seul au Trini Pub avec Renan alors je suis venu en pleine nuit pour vérifier que tu étais bien rentré chez toi sain et sauf. À mon arrivée je t'ai trouvé allongé devant ta porte avec les clés dans ta main en train de dormir. Sûrement que tu n'as pas réussi à ouvrir la porte.
- Pardon ? Comment ça à dormir devant la porte ???

- Tu n'as aucun souvenir d'hier soir, me demande-t-il très inquiet.

Une peur surgit de l'ombre et me ramène au dernier souvenir encore présent dans ma tête : Renan sortant sa carte bleue et qui commande notre troisième shot.

Devant mon silence, Malcolm poursuit :

- Dans la matinée, je suis repassé au Trini Pub car je n'arrivais plus à retrouver ma casquette. J'en ai profité pour parler à Georges car ça fait plusieurs fois que Renan embête une de ses serveuses. Je voulais m'assurer que tout s'était bien passé avec lui. Seulement là, il était plus en pétard contre toi.
- Contre moi ???
- Oui. Apparemment, tu as mis un sacré foin avec Renan.
- Comment ça un sacré foin ?
- Euh…
- Malcolm !!
- Bon eh bien si tu y tiens : d'après Georges, tout a commencé à partir de deux heures du matin. Renan avait deux filles autour de lui et il paraît que tu commençais toi aussi à glisser des mots doux à une brune assise sur la table d'à côté, une fille complètement saoule.

Mon cœur s'arrête.

- Glisser des mots doux À une brune, pardon ??!!
- Oui c'est bien ça. Mais pas trop longtemps en fait car leur nouveau serveur, celui qui est arrivé de Chine, apparemment il t'a averti sur ton attitude, que tu buvais de trop et que tu devenais irrespectueux.
- … Non mais c'est une plaisanterie Malcolm j'espère !
- Est-ce que j'ai l'air de plaisanter, me demande t-il avec un air grave qui ne laisse aucun doute.

- Ok…Et après…?
-
- Eh bien, toujours d'après Georges, tu t'es mis à insulter le serveur de *« crouton »* ou un truc du genre.

Résultat, il est revenu en renversant tout un plateau sur tes pieds en feignant l'accident.

Toi, tu t'es levé pour lui en coller une mais tu t'es écroulé une demi-seconde plus tard sous l'effet de l'alcool.

Après, c'est une connaissance de Renan qui vous a ramenés et qui a parlé avec Georges pour le calmer et désamorcer la situation.

Aussi quand ils t'ont rentré dans la voiture, tu pleurais comme un gosse en appelant Lola.

Des bribes me reviennent. Un courant froid me parcourt et me glace chaque cellule de mon corps.

Je me frotte la tête bien dix secondes.

Le brave Georges, depuis le temps où nous venons passer nos soirées dans son bar… il est devenu comme un ami à force mais là…

Qu'ai-je fait ?

Il continue :

- T'en fais pas Oscar, ça arrive même aux meilleurs ces passages.

Je le regarde. Il parait attristé de me voir dans un état pareil.

- Il faut te ressaisir, évite de trainer avec Renan après 21h, tu sais bien que lui n'attend que de la compagnie pour boire.

- Merci du conseil !

À nouveau je ferme les yeux pour mieux me souvenir et l'image de Lola me revient.

- Et…et Lola...tu la croises encore quand tu sors du boulot ?

Surpris, son regard cherche lentement une réponse,

- Oui je la croise de temps en temps, me répond-il avec un air plus ouvert.

Sa réponse aiguise une curiosité enfouie.

- Et…?
- Je ne voulais pas t'en parler hier à l'intérieur du pub avec les autres mais je l'ai croisée dans la journée. Elle sortait de la boulangerie de l'angle les mains remplies de sacs avec des gâteaux. Elle m'a dit que c'était pour organiser une fête avec tout plein de personnalités de la ville, je n'ai pas trop compris et…
- Pour organiser une fête ?! Tu vois, je te l'avais dit, elle s'en fout de moi !

Contrarié de n'avoir pas pu terminer sa phrase, Malcolm reprend :

- Et elle m'a demandé de tes nouvelles !

Une onde de chaleur s'ouvre du fond de mon cœur, mon regard se précise en direction du sien.

- Elle…elle t'a demandé de mes nouvelles ?
- Oui… Je lui ai répondu que tu étais parti en Normandie le weekend dernier et que tu continuais à venir le

vendredi au pub avec nous. Que c'était vraiment une période difficile pour toi.

Elle…elle en avait l'air désolée.

- Désolée de quoi ?! C'est elle qui est partie sans réelle explication !
- « *Sans réelle explication, sans réelle explication...* » et avant ça, il n'y a eu aucun élément déclencheur ?
- Eh bien avant qu'elle parte, certes c'était un peu difficile entre nous mais dans l'ensemble ça allait. Tiens, il y a encore quatre mois, elle me parlait d'acheter une grande maison et puis elle m'a même parlé d'avoir trois enfants comme le prince William à Noël dernier. Elle voulait aussi faire un road trip de deux mois à travers l'Amérique latine…
- Ouais étrange…

Ma curiosité me fait poursuivre :
- Et elle ne t'a rien dit de plus ?
- Non rien de plus, deux minutes après, son téléphone a sonné et elle a filé.

Comptais-je donc si peu à ses yeux pour qu'elle décide d'organiser une fête grandiose en cette période ?
Il rajoute :
- Mais quand je lui ai dit que tu n'allais pas bien, son regard a soudainement changé. Une sorte de tristesse, je ne sais pas… Ça ne regarde que moi mais je suis sûr qu'elle n'est pas indifférente à ta situation.

En même temps, nous avons fêté nos six ans de relation cette année…normal qu'elle soit affectée un minimum.
Je donnerais n'importe quoi pour savoir ce qu'elle pense de moi...

Les pensées affluent quand treize heures sonne à l'église, Malcolm se relève brusquement.

- Aya, je vais être en retard !!
- Pas de problème Malcolm. Eh bien on peut dire que je t'en dois une bonne pour ce matin !
- Ah non t'inquiète pas, c'est normal. Tâche de te reposer et essaie d'éviter Renan après 21h, ok ?
- Ok, merci encore ! Merci Malcolm.

Il me regarde comme un père pourrait regarder son fils, enfile sa veste et ouvre la porte avant de s'arrêter net. Il fouille dans sa poche et en sort deux papiers :

- Ah oui, tiens Oscar, c'est tombé de ta poche quand je t'ai porté ce matin.

Il pose deux rectangles cartonnés sur la table de chevet et s'en va en me disant une dernière fois au revoir.

Sur la table, deux cartes : celle de mon grand-père et celle de Gaby.

À nouveau les voilà et à nouveau le courant d'air chaud me traverse la poitrine par le sternum.

Elles sont là posées sur la table et me rappellent un rendez-vous que j'ai cherché à fuir ces derniers jours.

Comme si les bonnes choses de la vie pouvaient se manifester une seconde fois, une seconde fois à la porte de ceux qui les auraient évitées.

Il n'y aura certainement pas d'autres rappels et je le sens au fond de moi, il faut que je m'y rende.

Chapitre 11

Rarement il m'est arrivé d'abuser avec la boisson.

Depuis longtemps, je connais sa capacité à vous transporter ailleurs, à vous faire oublier l'espace d'un instant votre situation pour vous plonger dans un autre monde beaucoup moins réel.

Malcolm lui, il sait toujours quand il doit s'arrêter ; Renan à l'inverse n'a aucune limite et ce vendredi soir, sûrement ai-je préféré le monde irréel qu'il me proposa plutôt que l'incertitude de la nouveauté et le risque d'être déçu par cette expédition.

La nouveauté peut faire peur au point de parfois paralyser tout mouvement ; quant à la boisson, on n'échappe rarement aux conséquences du lendemain.

Après le départ de Malcolm samedi midi, il me fut impossible de faire deux mètres sans aller vomir et ce jusqu'au lendemain. Avais-je bu autant pour être malade à ce point ? Avais-je vraiment dragué une fille et insulté le serveur ? Avais-je eu à ce point besoin de quitter ma réalité ? Aucune réponse claire ne me parvint. Aucune réponse à l'exception des paroles de Malcolm sur l'intention de Lola d'organiser une fête.

Comment pouvait-elle compte tenu des événements ? Voulait-elle passer si vite à autre chose ? Avais-je donc si peu d'importance dans sa vie ?

Les idées encore confuses, je décidai le dimanche soir de vérifier moi-même en allant sur son compte Instagram là où elle publiait de nombreuses photos.

À peine suis-je arrivé sur sa page qu'un nouvel album intitulé « *Garden Party Grenoble 2019* » s'afficha et en ouvrant la première photo, mon cœur fut gagné par un sentiment inconnu et puissant. Lola y prenait place comme sur chacune des 45 autres photos et elle portait sa robe trapèze sans manche, une des robes qui mettait le plus en relief la courbe de ses hanches et la couleur chaude de ses boucles, une robe qu'elle mettait uniquement pour les grandes occasions. Elle était rayonnante comme jamais et la revoir me procura une chaleur immense.

Beaucoup de ses amis étaient présents et d'autres photos affichaient des personnalités de Grenoble avec qui elle posait joyeusement dans un jardin aménagé pour l'occasion.

De la jalousie ? De l'incompréhension ? De la tristesse ? De la peur ? Je ne sais pas lequel des quatre prit la place de cette chaleur initiale mais ce cocktail gagnait en importance au fur et à mesure que les photos défilaient.

Finalement, ce fut un appel téléphonique de ma mère qui vint m'arracher à ce fil électrique arrêté à la photo 35.

J'ai laissé deux sonneries avant de répondre et aussitôt la voix fatiguée et triste de maman résonna dans le combiné.

Elle était triste mais ça me faisait beaucoup de bien de l'entendre. Pendant dix minutes, nous avons discuté. Elle m'expliqua les nouvelles du jour, les dernières conclusions des médecins, les visites avec tatie Suzie, les moments difficiles...Au final, l'état de mamie s'était légèrement stabilisé mais elle restait toujours inconsciente. Sentir ma mère souffrir seule alors que je peux l'aider m'insupportait déjà lorsque j'étais petit, je n'allais pas m'arrêter maintenant. Pendant dix minutes elle me parla et aussitôt avons-nous raccroché que j'ai réservé des billets de train pour Caen et cette fois-ci en milieu de semaine.

J'avais des RTT à poser et le moment était venu de les prendre.

Il fallait que je sois auprès d'elles et que je laisse les photos de Lola s'évaporer.

Ainsi était-il 18h40 mardi quand nous sommes arrivés à l'hôpital de Caen.

Après avoir frappé à la porte, maman est entrée délicatement dans sa chambre. Mamie était là, toujours allongée sur son lit, toujours l'air aussi paisible et aucune marque extérieure ne vint trahir le drame silencieux qui se déroulait devant nous. Maman s'est approchée et lui a embrassé le front pendant quelques secondes. À cet instant, je pouvais sentir et percevoir tous les moments auxquels je n'avais pas participé et qui liaient ces deux personnes. Après cela, elle se releva, essuya une larme au bord de ses yeux et lui dit en effleurant sa main :

- Tu as de la visite maman, Oscar est présent ces jours-ci, je vous laisse.

Maman sortit de la chambre et je m'assis sur la chaise en bois placée à côté du bureau.

Je suis resté un moment en silence assis à côté d'elle. Un moment à la regarder et à me demander où elle était à ce moment précis et ce qui pouvait bien se passer dans sa tête.

Entendait-elle les sons alentours ? Etait-elle juste endormie ?

Je la regardais quelques instants avant de remarquer sa broche posée sur sa table de chevet à côté. Elle représentait une fleur dont les pétales m'ont toujours fait penser à une étoile. De couleur argentée en sa périphérie mais dorée en son cœur, mamie l'affectionnait particulièrement au point de la mettre chaque dimanche à son chemisier.

En y réfléchissant bien, jamais je n'ai pensé à lui demander le nom de cette fleur.

Peut-être que ce sont les choses que nous fréquentons le plus qui deviennent très vite sans intérêt.

J'avais beau connaître cet insigne depuis mon enfance, il semblait vouloir à ce moment précis me dire un secret important.

Ne sachant que faire, je pris seulement une photo de cette broche et continuai le récit du Petit Prince là où nous nous étions arrêtés dix jours en arrière : le dialogue avec le marchand.

Avant de partir, les médecins nous ont confirmé que son état s'était légèrement stabilisé contre toute attente mais qu'ils restaient prudents sur son évolution.

Mamie n'était pas tirée d'affaire mais elle allait mieux et ça nous a beaucoup réconfortés. Maman m'a chaleureusement remercié d'être resté plusieurs jours, elle me disait que ça lui avait fait du bien.

À moi aussi.

Il est 19h45 ce jeudi quand je monte dans le train et que le chef de gare annonce son départ. J'adresse un dernier geste à maman et déjà le train quitte la gare. Mes patrons m'avaient donné les RTT mais ils avaient tenu à ce que je participe à la réunion du vendredi pour suivre l'évolution des dossiers.

Je trouve ma place, range mon sac sous mon siège et colle ma tête à la vitre en laissant mon regard vadrouiller sans réelle intention en direction de ces paysages verts.

Une heure plus tard, le soleil se couche sur des plaines de bocage et mon regard continue de vadrouiller autour de ces décors champêtres et nostalgiques.

« La situation de votre grand-mère s'est légèrement stabilisée ces derniers jours mais elle reste cependant dans un état préoccupant »

« Oscar, il faut te ressaisir »

« Transmets toute ma sympathie à ta mère et dis-lui que je pense bien à vous. »

Lola…

(…)

À nouveau son image revient.

Quelque chose…quelque chose en moi refuse de reconnaître son départ.

Quelque chose en moi veut se battre pour la récupérer.

Mais un second penchant me dit d'accepter la réalité,

Elle est partie et sûrement me faut-il l'accepter.

(…)

À la recherche de souvenirs pouvant m'éclairer dans ces deux directions, je débloque mon smartphone et ouvre mon album photo qui affiche aussitôt la broche de mamie.

Sans raison particulière, j'écarte les doigts sur l'écran pour zoomer et agrandir l'image.

La broche occupe tout l'écran et certains détails commencent à apparaître lorsque qu'une voix m'interpelle dans mon dos :

- Alors comme ça on se passionne pour les broches ?

JEFF !

- Hey bonsoir Jeff ! Je ne savais pas que vous faisiez le voyage retour dans une même journée !
- En semaine si, j'enchaîne ! Mais entre nous...ce sera bientôt en jet privé que je ferai ces voyages.
- D'ailleurs je me demande même ce que je fais encore ici !
- Mais vous, que faites-vous là un jeudi soir ? Ce n'est pas le dimanche d'habitude que vous repartez sur Grenoble ?
- Si si mais là, il fallait que je vienne davantage. C'est par rapport à ma grand-mère...

Il hoche la tête sans chercher à insister et nous bavardons quelques instants. Il m'évoque les maisons au bord de mer qu'il a repérées et espère emménager début Août.
Si seulement j'avais ne serait-ce que 20% de son compte en banque, je pourrais sûrement t'offrir bien plus Lola...

Il s'apprête à terminer son premier passage au sein des voyageurs avant de revenir à mon écran resté sur la broche :
- En tout cas, c'est un très beau choix pour un cadeau.

Intrigué, je poursuis :
- Ah vous...vous connaissez ?
- Eh bien...une forme d'étoile, un cœur doré et des pétales blancs, c'est une fleur qui vient de chez moi ça !
- De chez vous ?
- Ou de chez nous puisque nous habitons tous les deux en Haute Savoie !

Il se penche et se rapproche de l'écran avant de continuer :
- Oui c'est ça, c'est un edelweiss !
- Un edelweiss ?

- Oui, une petite fleur qui se plaît beaucoup en montagne notamment dans les Alpes !

En un instant il me salue et repart à son travail.

En un instant sa phrase déclenche une étincelle derrière ma poitrine. Mais bien sûr !! Cette broche, c'est un cadeau de grand père !

Sa carte postale, la rencontre avec Gaby et maintenant cette broche !

« *Le hasard c'est Dieu qui se promène incognito* » d'après Einstein et si Dieu il y a, l'impression qu'il m'invite vraiment à me rendre dans cette localité.

J'ai l'impression de commencer un puzzle ou plutôt d'en continuer un resté en ruine trop d'années durant.

Le hasard revenait-il si souvent pour ne souffler mot ?

J'entends cette invitation, cette invitation à me lancer.

Chapitre 12

Depuis son décès, maman m'a clairement fait comprendre de l'oublier et c'est ce que j'ai progressivement fait.

Il ne fallait pas faire de vagues alors je l'ai écoutée.

Mais depuis plusieurs jours, j'ai cette impression d'écouter une autre voix, une voix plus interne, plus joyeuse.
Une voix tellement nouvelle que la peur arrive aussitôt : rebrousse chemin, retrouve le regard de ta mère, retrouve sa voix, respecte son interdit !

Mais entre ces temps de peur, il y a ces autres instants, des instants qui apportent comme un sentiment de liberté jamais éprouvé.

Le col de Pétro, voilà dix minutes que je l'ai franchi et rarement ai-je visité ce versant.
Le GPS indique plus que deux kilomètres avant d'arriver à Saint Perier et déjà les premières maisons apparaissent au loin.

Chapitre 13

D'après Louis, un collègue qui habite dans la commune voisine, il faut se garer à l'extérieur du centre-ville. Il parait que celui-ci est complètement piéton, qu'il n'y a aucune place de parking.

À deux-cents mètres du panneau d'entrée, une famille réalise son jogging sur un chemin en contrebas et plus loin sur la gauche, deux habitants s'occupent à bêcher la terre sur des petits ilots séparés par des haies.

Je franchis la délimitation de la commune, des souvenirs me traversent : celui de ma mère qui pleure amèrement le jour de l'enterrement de papi. De ses larmes de colère face aux larmes de tristesse de grand-mère. De cette pluie fine et de ce ciel noir.

Pensant franchir un interdit, mon pied relâche la pédale de droite et fait ralentir la voiture avant de revenir deux secondes après à son niveau normal :

Je dois savoir qui il était, je dois savoir.

Je trouve une place devant une maison blanche entourée d'un jardin non entretenu. Je sors de la voiture, une silhouette se présente derrière la fenêtre. Une personne âgée avec un marcel blanc et une casquette bleu foncé et trouée me regarde songeur. D'un signe, je lui demande si je peux me garer ici.

La silhouette me répond timidement par un hochement de tête affirmatif.

Je referme la portière et me lance à la découverte de cette ville mystérieuse le cœur tout chaud.

Sur le chemin, je croise des passants avec des chariots de courses, deux chats qui se regardent tels des cowboys en duel et un vieil homme avec un béret que je ne manque pas d'arrêter en lui montrant la carte de visite de Gaby :

- Excusez-moi, est-ce que cette adresse vous dit quelque chose ?

Il prend la petite carte et la regarde joyeusement :

- Ah ce Gaby ! Toujours en train de travailler lui ! C'est l'adresse de son atelier. Pour y aller, vous prenez tout droit, vous devriez tomber sur une place, vous remontez celle-ci et son atelier est dans une petite rue à gauche de la mairie. Passez-lui le bonjour d'André !
- Avec plaisir, merci.

Son atelier semble bel et bien exister ! Sûrement avais-je eu tort de douter de lui l'autre jour…

En tout cas, cette petite ville ne semble pas différente des autres… certains passants semblent bien animés et bien vivants à l'exemple de cet André mais les seuls « jeunes » que je croise paraissent ailleurs : soit sur leur portable, soit au volant de leur voiture à écouter de la musique. Comme dans toutes les villes après tout…

Après dix minutes de marche, j'arrive au niveau de la place en question :

Une fontaine sur la droite, une table ombragée par un arbre, un belvédère juste derrière offrant un panorama incroyable sur les massifs qui nous entourent. Un sentiment étrange de paix et de quiétude émane de cet endroit. Le soleil rayonne dans ce massif reculé mais un autre bon sentiment est présent ici.

De l'autre côté de la route, un bâtiment imposant au style ancien se dresse avec des pierres apparentes et une horloge au sommet. Une ancienne gare réhabilitée? Aucune idée.

Je remonte la place et quelques individus sont assis en terrasse devant un bar.

Certains ont une assiette pleine devant eux quand d'autres plus anciens profitent simplement d'une boisson et discutent. Apparemment ils parlent de leurs souvenirs et ça n'a pas l'air de déranger un autre client derrière qui tient de la main gauche un café et de l'autre son smarphone.

Je monte un peu plus haut et un autre bâtiment avec un drapeau tricolore fait face à la route : la mairie.

Avant de prendre la ruelle sur la gauche, je me retourne doucement vers ce paysage.

À gauche, à droite…On dirait qu'il manque quelque chose ici.

Comme si ce lieu avait jadis connu la joie et la fête.

Mais les seuls mots qui me viennent sont davantage la nostalgie ou la passivité…

Oui on dirait qu'il manque quelque chose ici.

Après quelques minutes d'observation, je me lance dans la ruelle indiquée quand tout à coup, sur la droite, un homme au visage familier sort d'une épicerie avec deux sacs dans les mains et me fixe aussitôt avec des yeux apeurés.

L'homme que j'ai insulté samedi dernier au bar…le serveur… c'est lui !

D'un coup, il laisse tomber ses sacs et commence à courir dans une rue opposée sous le regard des autres personnes attablées. Je le suis aussitôt. J'ai beau lui dire que je ne lui veux pas de mal mais il accélère la cadence et creuse la distance sur dix mètres.

Il tourne à gauche, prend un chemin enherbé entre deux maisons, tourne à droite et disparaît derrière une autre maison au niveau d'un chemin de gravier.
Une seule porte se situe à moins de vingt mètres : il a dû y pénétrer.
Je la pousse et entre sans réfléchir.

À l'intérieur, des murs recouverts d'outils, une table avec un moteur dessus et un homme au fond qui porte un casque de soudure. Il me voit débouler, se redresse en ma direction et relève calmement la visière en affichant un grand sourire couvert de cambouis.

GABY !!!

Il enlève son casque et met aussitôt ses lunettes.

- Hey ! Bien le bonjour cher Oscar ! Bienvenue l'ami !

Chapitre 14

Un plaisir !
Oui c'est un plaisir de le retrouver lui !
Un sourire prononcé accompagne mes paroles :

- Bonjour…Gaby ? Si je me souviens bien, dis-je en essayant de reprendre mon souffle.
- C'est bien ça ! Respirez, respirez !
- Vous êtes venu jusqu'ici en courant, me demande-t-il avec un recul de la tête.
- Non…non… c'est juste que j'ai cru reconnaître quelqu'un sur le chemin !
- Ah ok.
- En tout cas, ça fait plaisir d'avoir de la visite !

L'un après l'autre, il pose ses deux outils sur une table sur laquelle est entreposée une sorte de moteur et part en direction d'un robinet devant moi.

La dernière fois, je n'avais pas remarqué, mais de près, il a beaucoup plus de rides que ce que j'avais pu voir et ses yeux révèlent un bleu saisissant !

Etait-il encore apte à faire de la mécanique ?
Les souvenirs de cette mer de nuages ainsi que de son caractère jovial viennent apaiser radicalement le stress ainsi que le rythme cardiaque.

Il lance son torchon sur le moteur derrière lui, ouvre le robinet et commence à se laver les mains tout en poursuivant :

- Entre nous, ce n'est pas la visite qui manque ici. Il y a encore des gens qui viennent visiter Saint Perier mais bon, ça fait plaisir les visites gratuites !

Il se redresse en se séchant les mains :

- Alors, qu'est-ce que je vous sers ? J'ai du café, des tisanes, du soda…
- … je veux bien un café merci.
- Allons-y pour deux cafés ! Il m'en fallait un à moi aussi.

Il se dirige vers un petit placard en hauteur et en sort une boite métallique.

- Alors comme ça vous connaissez du monde ici ? Me demande t-il.

Le souvenir de la mer de nuages disparaît et laisse place à la récente course dans les ruelles avec le serveur.

- Ah oui pardon, je suis arrivé un peu précipitamment et par hasard je dois dire. En fait, au moment où j'ai traversé la place, un individu est sorti d'une épicerie. Un instant, j'ai cru reconnaître une personne que j'avais croisée samedi dernier au pub, une personne avec qui ça s'est un peu mal passé…

Petites expirations, petites inspirations.

— Au pub ? À Grenoble ? Me répond-il d'une voix calme et curieuse.

— Oui c'est ça ! Je suis sûr que c'était lui et l'instant d'après, il s'est mis à courir jusqu'ici. Il avait un peu d'avance sur moi et je pense qu'il a dû prendre une autre porte dans la ruelle.

Gaby pose la boite métallique sur une table faisant office d'espace repas et repart chercher deux tasses dans un autre placard.

- *« mal passé au pub »* ?

Une légère angoisse mêlée de honte commence à s'emparer de moi :

- C'est-à-dire que… il se trouve que samedi dernier, j'ai « *apparemment* », je dis bien « *apparemment »,* abusé de la bière. Le serveur m'aurait donné un conseil lorsqu'il m'a vu draguer des filles, je l'ai insulté et il est revenu avec un plateau qu'il a renversé à mes pieds en prétextant l'accident. Je me suis levé pour lui en coller une mais je suis tombé ivre mort d'après les dires du patron.

Un léger sourire s'anime sur son visage.

- La jeunesse…mais, s'il habite ici, je le connaîtrais sûrement, il ressemble à quoi ce serveur ?
- Hum alors en fait, je me souviens uniquement de son visage…un visage asiatique !
- Asiatique, me répond-il avec un mouvement de retrait et en fronçant les sourcils.

Il prend appui sur une table et regarde le mur en face de lui d'un air pensif avant de revenir en ma direction :

- Non…non je ne vois pas…
- Parce que…parce que vous souhaitez lui …

Il ne termine pas sa phrase et un léger silence s'installe. Je le relance :

- Lui ?
- Lui…lui rabibocher la caboche ?
- Lui rabibocher la caboche ?

Un rire interrogateur l'invite à développer :

- Eh bien, lui rendre la monnaie de sa pièce quoi, me lance t-il.
- Ah non pas du tout ! J'aurais juste aimé m'expliquer avec lui et m'excuser surtout. En ce moment, c'est un peu compliqué pour moi et ce n'est pas dans mes habitudes d'insulter les gens et encore moins de draguer en soirée !
- Mais bon là, à mon avis, il doit être loin. Quand j'y pense, je n'aurais pas dû lui courir après…

Il quitte mon regard et se penche en avant vers le fond de son atelier.

Il revient à sa position initiale et marque un petit temps d'arrêt avant de continuer avec un ton de voix plus élevé :

- THANH ! C'est bon tu peux sortir, il ne te veut pas de mal !
- Thanh ?

Quelques secondes plus tard, un bruit émane du fond de la pièce en direction d'un petit placard. La porte s'ouvre en appelant à l'aide du dégrippant. Une silhouette s'en extrait assez difficilement avec des intonations de douleur. La silhouette se redresse et me regarde. À nouveau le même visage ! Le serveur ! Un peu moins apeuré que tout à l'heure mais le même visage ! Celui d'un gamin de vingt ans avec des cheveux noirs mi-longs et qui dépasse Gaby de bien dix centimètres.

Il tient un sac à dos fermement devant lui comme si c'était un bouclier.

Gaby le regarde sortir avant de me parler :

- C'est bien lui que vous avez croisé ?

Le temps d'organiser mes idées, je réponds dix secondes plus tard au jeune qui vient de sortir :

- Hey salut… désolé… désolé si je t'ai fait peur tout à l'heure.

Son visage s'apaise légèrement et m'invite à poursuivre :

- Je n'en suis pas certain mais il se peut qu'on se soit croisé samedi dernier. Est-ce que… est-ce que par hasard vous n'êtes pas le nouveau serveur du Trini Pub ?

Il jette un regard à Gaby avant de me répondre :

- Si… si c'est exact ! Et vous… vous êtes le monsieur sur qui j'ai renversé le plateau l'autre samedi c'est ça ? Termine-t-il avec un léger accent asiatique.
- Apparemment oui, je lui réponds en souriant.

Il met sa main en avant comme s'il voulait s'excuser :

- Ah je suis terriblement navré monsieur, je n'ai pas pu m'empêcher… je n'ai pas bien réagi désolé, désolé, désolé…
- Ah non pas du tout, on m'a raconté la soirée et c'est plutôt moi qui devrais m'excuser ! J'allais y retourner de toute façon pour m'excuser, notamment pour les insultes. Sûrement que le patron mettra un peu de temps avant de me laisser à nouveau rentrer mais bon… En ce moment je dérape un peu. Ce… ce n'était pas contre vous.

Son air apeuré s'amenuise et affiche un soulagement.

- Ouf ! Depuis ce samedi, j'appréhendais de vous revoir car vous êtes un habitué visiblement alors quand je vous ai vu en sortant de la superette tout à l'heure, je me suis dit, ça y est, je suis mort alors que je viens à peine d'arriver !

La situation se détend et Gaby me regarde à nouveau en désignant le jeune :

- Oscar, je vous présente Thanh ! C'est un étudiant qui nous vient du Vietnam ! Il est en France pour effectuer son stage de fin de master 1 en astronomie.

Thanh baisse légèrement son sac comme s'il rendait les armes et m'adresse un signe de main amical.

Soulagé, Gaby se tourne vers lui :

- Du café Thanh ?
- Volontiers !

Eh bien ! Etudiant en astronomie ! J'étais loin du compte lorsque je l'ai insulté la dernière fois…

Décidé à faire fondre un peu plus la glace, je continue :

- En astronomie ?
- Euh… oui oui, c'est ça. Je viens d'un petit village à l'est d'Hanoï et je termine ma première année d'un master en aéronautique et espace à l'université.

En une seconde, je me sens doublement honteux…

- Un master aéronautique et espace ?
- Oui c'est ça. C'est un parcours où nous abordons l'espace et tout ce qui peut s'y rattacher. Il y a cinq ans, j'ai entendu parler de cette manifestation en France *« la fête des étoiles »* sur le magazine de l'école. J'ai envoyé un mail au président du comité pour obtenir des informations et il m'a orienté ici, vers Gaby.

Gaby remplit la bouilloire et appuie sur le bouton avant de continuer :

- En fait Thanh voudrait être astronome plus tard et le stage qu'il effectue ici en France lui sert pour son année.
- Au-dessus de l'atelier, il y a un appartement inoccupé

et Thanh a pris l'habitude tous les ans de loger ici en échange d'un coup de main pour l'organisation de la manifestation et de quelques travaux que nous menons ensemble.

Encore plus honteux, je poursuis :

- Désolé, je…je n'ai jamais participé à cette fête. Mais ça a l'air important à ce que vous en dîtes !
- Comme je vous le disais l'autre matin, la météo ne nous a amené que des nuages depuis neuf ans donc je comprends que cette fête ne soit plus autant populaire. Par chance, Thanh a pu assister à l'édition d'il y a cinq ans, la seule où le ciel fut dégagé !

La bouilloire vient couper Gaby dans sa réponse par un bruit caractéristique signalant la fin du cycle.

Gaby termine sa description en prenant les trois tasses et en y versant l'eau bouillante qui change aussitôt de couleur au contact des grains de café.

Nous nous asseyons et il prend le temps de m'expliquer l'histoire de ce village et de cette fête qui depuis quarante ans apportait de la magie à toute la région. D'après lui, avant 2010, les enfants repartaient chaque fois avec des yeux émerveillés, ravis d'avoir vu la Pléiade ou encore la nébuleuse d'Orion avec des télescopes dernière génération ; les familles prenaient un grand plaisir à participer aux animations de terrain et les passionnés ne cessaient d'interroger les conférenciers de renom. Même les habitants du village se mobilisaient pour accueillir bénévolement le flot de curieux. Certains se portaient volontaires pour mettre à disposition une chambre quand d'autres s'occupaient de décorer le village en mettant des bougies sur les fenêtres s'ils ne cuisinaient pas.

L'espace d'un weekend, tous avaient les yeux rivés vers le ciel, tout était magique et grandiose. La poésie côtoyait l'immensément grand et chaque génération pouvait être réunie devant un spectacle fabuleux.

Mais l'arrivée des mauvaises conditions météorologiques il y a neuf ans changea la donne. La première année ne fut pas tellement gâchée car les gens avaient reporté leur désir sur l'année d'après. Mais au fil du temps, les visiteurs étaient de plus en plus déçus et la fête commença à laisser la place à d'autres événements plus artificiels. Même l'édition de 2015 ne parvint pas à mobiliser beaucoup de monde.

Les yeux encore témoins d'une histoire chargée de souvenirs, il se lève et nous montre d'anciens articles de journaux dédiés à la fête des étoiles et un profond silence s'installe.

Les photos défilent avec des titres toujours plus élogieux les uns que les autres. 1995, 1996, 1997, 1998…il avait gardé tous les articles comme de vraies preuves que ce fut réel, comme un trésor que lui seul détenait maintenant.

Il reprend la dernière photo et dirige son regard vers la fenêtre :

- Cette année ce sera certainement la dernière édition. En cas de nouvel échec, le dernier soutien financier arrêtera sa participation.

Il prend une gorgée de café et d'un coup se retourne vers nous avec les deux index relevés et un air jovial décuplé :

- Mais voilà ! Voilà que le président du comité d'organisation M.Tison en personne a enfin décidé de voir notre projet ! Ça fait depuis dix ans que je lui en parle et depuis le début qu'il me rabroue *« Gaby, vous passez trop de temps la tête dans les nuages, il faut rester sur terre », « Gaby, vous passez trop de temps à faire ci, trop de temps à faire ça »*. Mais depuis le début, je savais que ça pouvait marcher ! Et voilà qu'il y a huit jours, il s'est enfin décidé à voir notre projet. Il est venu avec le désespoir de voir disparaître la manifestation que son propre père avait créée et croyez-moi bien cher Oscar qu'à peine avons-nous traversé les nuages que ses yeux ont retrouvé une magie et une intensité que je n'avais jamais vues chez lui. Il s'est précipité sur la passerelle extérieure et il est resté bien quinze minutes dans le silence au milieu de cette nuit. Quinze minutes pendant lesquelles on aurait dit que sa tête suivait le mouvement imperceptible des astres lointains pendant que ses yeux naviguaient de droite à gauche.

À la fin, il s'est confondu en excuses et nous a offert le triple de ce que nous avions besoin pour développer ce projet pour le grand public ! Enfin ! Enfin a-t-il voulu voir notre idée !

Risquant de briser son silence, je me risque :

— Désolé Gaby, je n'ai pas tout compris, vous parlez de quel projet ?

Il quitte la fenêtre et se déplace vers la table au milieu de son atelier.

De ça, affirme t-il joyeusement en me désignant le moteur installé sur la table.

- C'est un des quatre moteurs de l'aéronef dont je vous avais parlé l'autre jour.
- Au début, il s'agissait d'un rêve avec quelques amis mais un jour nous avons essayé et ça a marché.
- Mais qu'est-ce qui a marché, je lui demande.
- De créer des aéronefs capables d'aller au-delà des nuages et d'observer le ciel de nuit cher Oscar. Imaginez aller là-haut à plus de 4000 mètres d'altitude en pleine nuit au-dessus des nuages pour observer les étoiles. La qualité du ciel est inégalée et je ne vous parle pas du paysage en dessous ! Le défi était de pouvoir embarquer une grande quantité de personnes et nous l'avons fait,

c'est possible et c'est ça que nous aimerions proposer pour renouveler cette fête dans cinq mois ! Qu'il fasse pluvieux ou juste brumeux comme les années précédentes, nous pouvons proposer d'écrire une nouvelle page à cette fête, une nouvelle page !

Il revient vers la table et termine son café.
« Qu'il fasse pluvieux ou juste brumeux... »

À ce moment, je ne sais plus qui croire...soit il est vraiment ailleurs dans ses idées ou soit je suis en train de vivre la journée la plus mystérieuse de ma vie.

Je porte un œil à Thanh qui remue son café et pose sa cuillère sur sa serviette d'une manière assez réfléchie et ordonnée.

Je me lève et me rapproche de la fenêtre pour observer le paysage :
— Mais où allez-vous trouver la place pour faire venir un aéronef ici ?
— Non pas un cher Oscar mais cinq aéronefs précisément ! Et concernant la place, il y a un grand site à environ trois kilomètres d'ici appelé *« Huetguss »*, un endroit idéal pour déployer ces cinq mastodontes tout en laissant la place aux autres animations.

Je me retourne et Thanh me fait signe de la main avec son doigt pour m'indiquer la direction du site en question.

Gaby, n'a pas bougé. Toujours à côté de l'immense moteur. Un moteur qui m'intrigue de plus en plus.
Je m'avance doucement vers celui-ci. Je revois grand père me donner les écrous de son moteur et me demander sa clé de 20. Je le revois replacer les filtres que nous venions de nettoyer. Je revois son sourire derrière ses lunettes de protec-

tion. Je revois ma mère m'expliquer que je ne pourrai plus aller l'aider dans son aérodrome.

Gaby me regarde :

- Vous…vous y connaissez en mécanique ?

L'amertume laissée à l'entrée de la ville revient en un éclair en me remontant à la gorge.

D'un côté ma mère et de l'autre ce plaisir que je n'avais plus approché.

Ces mécanismes qui s'enchaînent les uns aux autres et ces outils… ils sont restés à distance de moi : j'ai préféré écouter ma mère quand elle m'interdit d'aider grand père sur son avion.

Mais, à bien regarder ce moteur, quelque chose m'appelle, quelque chose me pèse et m'invite à avancer. Comme une brise qui revient après plus de vingt ans d'absence.

Grand père savait que j'aimais ces mécanismes, il le savait.

La brise continue jusqu'à mes lèvres :

- Eh bien je pense que ça doit être comme le vélo !

Chapitre 15

Quatre mois nous séparaient de la fête des étoiles et d'après le planning, ils étaient légèrement en retard. Voyant que j'avais des bases en mécanique, Gaby m'expliqua les tâches à réaliser pour chaque moteur de l'aéronef : les réglages à opérer, les pièces à vérifier, celles à changer… Suite à cela, il me proposa de leur donner un coup de main pour réaliser une petite manœuvre. Au final, quand je suis ressorti de son atelier, il devait être 21h30 et pendant tout ce temps, mon cœur s'est transformé en une chaudière de locomotive. Une locomotive qu'on mettait enfin sur des rails. Toutes les explications, toutes les nouvelles connaissances…tout était comme jeté dans le fourneau pour faire avancer un vieux train et je pouvais sentir le feu jusque dans mes mains en prenant les outils.

J'ai progressivement tout écarté : le silence de Lola, l'hospitalisation de grand-mère, l'anniversaire de Malcolm le soir même, la pensée de ma mère en colère devant ma démarche… tout s'est écarté pour laisser la place à ces mécanismes qui se remettaient en marche après vingt ans de sommeil.

J'avais oublié des choses mais jamais, jamais je ne me suis senti aussi vivant que ce jour-là.

Ma tête a beau me dire chaque matin en me levant que ce fut un rêve mais mes mains encore tachées de cambouis me rappellent le contraire. Cette journée a bel et bien existé et c'est comme si une nouvelle mécanique s'était enclenchée en moi, une mécanique qui semble apporter de la joie mais aussi un équilibre avec les événements extérieurs.

Certes il y a cette peur au fond qui demeure, celle qui arrive au contact des sentiments trop nouveaux, mais au final, je sens que c'est une bonne mécanique.

Gaby m'a proposé de revenir travailler les samedis après-midi si je le souhaitais. J'ai fait mine d'attendre quelques secondes mais mon cœur avait déjà répondu avant qu'il ne termine sa phrase.

M'engager.

M'engager là où je peux sentir de la vie.

M'engager en fonction de ce sentiment particulier et moins pour des impératifs que je m'impose.

C'était la première fois que ça m'arrivait.

La première fois.

Une première libération.

J'étais tranquillement assis dans mon fauteuil à penser à ce prochain samedi qui aura lieu dans deux jours quand le mot « *Aéronef* » parvint à mes oreilles depuis la cour extérieure de l'appartement. Cela faisait vingt secondes que M. Hilare avait entamé une conversation téléphonique et comme à son habitude, le niveau sonore atteignait déjà des sommets et les « *Tonnerres de Brest !* » sortaient à la volée. En temps normal, j'aurais fermé la fenêtre, mais ce mot vint stopper net ma démarche. Je savais que M. Hilare faisait partie de la communauté de communes intégrant à la fois notre commune, Orsénas, et Saint Perier. Je savais aussi qu'il s'occupait chaque année de l'organisation de cette fête en perdition mais ce soir, ce fut la première fois que je l'entendis parler d'aéronef :

- M. Tison, il faudra vous le dire combien de fois que cette histoire d'aéronef est pure fantaisie. Ce Gaby est un vilipendeur, un voleur de poules, un marin d'eau douce !

- Quoi ?
- Comment ça vous avez testé son prototype ?!
- Eh bien, j'en mets ma casquette à fumer ! C'est vous le président du comité d'organisation de cette fête, je ne suis que le référent au sein de la communauté. De toute façon ce sera la dernière édition ! Entre temps, ne vous laissez pas avoir par des vendeurs de poudre d'herbe M. Tison !
- Comment ? Encore mieux qu'avant ? Un ciel pur comme le cristal et sans nuages ?
- C'est vous qui décidez, mais rien, rien ne pourra ramener ce que nous avons connu M. Tison et je me méfierais d'un loup de mer qui prétendrait…
- Moi monter à bord de ces aéronefs pour tester ?
- Aussi longtemps que je vivrai M. Tison, il n'y a qu'un vaisseau à bord duquel je monterais et celui-ci repose par 2000 mètres au large de l'Atlantique coulé par les rascasses de Merlu le Grand.

Il était courant aussi d'entendre M.Hilare clamer haut et fort des aventures imaginaires qu'il aurait vécues sur différents continents.

Mais au moins, cette histoire d'aéronef n'était pas que dans ma tête et la pensée de retrouver l'atelier samedi remettait de la joie dans un cœur fatigué par une journée de travail harassante.

Une bonne mécanique reprenait, une bonne mécanique.

Chapitre 16

- Trois fois ou quatre fois ?
- Je suis persuadé qu'il s'est arrêté dessus pour les fixer d'un air songeur mais je dirais quatre fois pas plus.
- Quoique…quand j'ai écrit mon mail sur le contrat, il a dû les voir forcément…
- Ce n'est pourtant pas faute de les avoir lavées pendant trente minutes ce matin !
- J'aurais dû essayer le vinaigre chaud ou peut-être le citron. Ou peut-être encore me justifier en jouant le rôle du réparateur, l'homme casse-cou qui n'a peur de rien ! Mais quelque chose me dit qu'il vaudrait mieux attendre la signature finale avant d'oser cette explication.

Il est 17h35, mes mains sont encore noires de cambouis et je sors d'un client compliqué : M. Jasmin. Un homme irrespectueux, intolérant, toujours pressé et toujours à faire trois choses à la fois. Mais le pire dans tout ça reste encore l'odeur. L'ambiance dans son bureau est tellement suffocante qu'il est impossible de jouer à la devinette des odeurs plus de deux secondes. Avant ces deux secondes, vous pouvez vous dire « cigarette, hamburgers, transpiration… » mais une fois ce temps passé, le mélange prend tellement au cerveau qu'une seule pensée reste : fuir.

Heureusement, je tiens facilement une minute trente sans respirer ! Et ce fut juste suffisant pour lui adresser le devis d'assurance pour ses voitures de service et noter l'information manquante.

Il est 17h35, je quitte le centre-ville bouché de Grenoble et j'en profite pour passer au Trini Pub m'excuser enfin auprès de Georges. Ça va faire quinze jours demain et sûrement aura-t-il oublié l'incident. Dans tous les cas, je dois m'excuser !

Le Trini Pub ouvre dans quinze minutes.

Arrivé devant l'entrée, je regarde à l'intérieur. Aussitôt, Sophie débarque derrière la porte et m'ouvre avec un grand sourire.

Du haut de ses quatre ans de présence, Sophie est la serveuse la plus ancienne. De même que Georges, elle est devenue comme une amie… Lors de sa première prise de service, Ben a voulu l'embêter en lui commandant des cocktails qui n'existaient pas et en se faisant passer pour un touriste allemand avec un accent digne des plus grands films :

- Che foudrais des pières bour mes amis und bour moi, ein cockdail Auvergnat, lui dit-il.

Heureusement que Georges trainait dans le coin et lui a répondu en français :

- Ah oui, alors eux là, ce sont des habitués mais si tu ne les tiens pas par la baguette, ils vont t'en faire voir de toutes les couleurs…surtout le chauve là.

Vexé, Ben s'est levé pour lui rappeler qu'il valait mieux être chauve qu'avoir une tonsure de moine, ce à quoi Georges a répondu avec un clin d'œil :

- Bon pour lui ce sera de l'eau ok Sophie ?

Depuis ce jour, elle nous a toujours bien accueillis et elle ne déroge pas à la règle aujourd'hui.

Elle me fait entrer et m'explique les dernières nouvelles du bar : ce qui va changer le mois prochain, les clients en semaine, les nouveautés... Elle en vient même à me parler de ses difficultés à terminer sa thèse quand une grosse voix se fait entendre depuis la salle en dessous :

- Alors Sophie, ça avance la préparation de la caisse, on ouvre dans un quart d'heure ?!

La tête de Georges émerge du haut de l'escalier menant aux salles du bas et ses yeux affichent une teinte surprise accompagnée d'un sourire :

- Tiens ! Un revenant ! Oscar !

Il termine de monter les dernières marches et vient à ma rencontre en me serrant bien fort la main. À peine libère-t-il la pression que j'enchaîne :

- Ecoute Georges, on m'a raconté pour l'autre soir mon comportement…
- Bababa, arrête, c'est de l'histoire ancienne ! Viens donc prendre quelque chose, c'est moi qui offre, me coupe t-il.

Il se dirige vers le comptoir et je le suis de près en continuant :

- Non mais si ! Je tiens à m'excuser, je ne sais pas ce qui m'a pris, ce n'est pas dans mes habitudes…

Il me jette un rapide coup d'œil.

- Hey Oscar, quand tu es arrivé dans le bar ce fameux vendredi et avant même que tu les rejoignes, j'avais remarqué que quelque chose n'allait pas.
- Comment ?
- Et lorsque tu es parti six heures plus tard en titubant et aidé des autres, j'ai cru comprendre que c'était en lien avec Lola …
- Pour tout te dire, rarement j'avais vu un homme autant en pleurs et aussi paniqué.

Ses mots s'estompent dans un silence.

Un silence stoppé quelques secondes plus tard par Sophie qui repose le verre qu'elle essuyait en nous regardant.

Il continue :

- Ça m'a rappelé des souvenirs lointains mais assez frais pour évacuer tous les reproches naissants, termine t-il en buvant le reste de son verre resté sur le comptoir.

Etais-je donc au fond si paniqué depuis le départ de Lola ?

Des souvenirs reviennent : elle, à m'attendre derrière la porte un jeudi soir et qui me tend des tickets de cinéma. Elle, à dérouler sur la table une carte de la célèbre randonnée qu'elle prévoit de faire le weekend prochain. Elle, à positionner son appareil photo et à alimenter aussitôt son compte Instagram…

Le bruit du verre sur le comptoir me ramène à la réalité :

- Mais celui qui m'inquiète, c'est plutôt Renan, reprend-il. Quand il boit, il aborde toutes les clientes du bar et à force, elles viennent se plaindre !
- Renan…C'est vrai qu'on n'arrive pas à le raisonner. Il a toujours été un peu comme ça mais là depuis un an, ça commence à empirer…

Il acquiesce d'un hochement de tête et me propose de la main les bouteilles soigneusement exposées derrière lui.

- Merci Georges ça ira, je suis juste venu pour m'excuser.
- Comme tu voudras, mais ne t'en fais pas, ça nous arrive à tous !
- Tant mieux alors…
- Et sinon oui, le serveur, il est là ? Je voudrais bien lui dire deux mots aussi pour m'excuser encore.
- Thanh ? Répond-il surpris.
- Oui c'est ça !
- Ah ben il n'est plus ici.
- J'ai été contraint de mettre fin à sa période d'essai hier.

- …mettre fin à sa période d'essai ?
- Eh bien en fait, j'ai l'impression qu'à chaque fois qu'il voyait une personne avec un comportement inacceptable, il ne pouvait pas s'empêcher d'aller lui donner des conseils, quitte parfois à agir comme pour toi avec le plateau. J'ai essayé de le raisonner mais pas moyen. Je l'ai testé à la plonge, pas moyen non plus. Il ne voulait pas utiliser le produit vaisselle car cela « *était nocif pour l'environnement* » disait-il.

Au final, les verres étaient encore plus sales et s'agglutinaient trop longtemps en cuisine. Je devenais fou !

Au final, c'est lui qui est venu et qui a convenu que c'était mieux qu'il parte ; il ne se sentait pas bien ici.

Le pauvre… déjà qu'il est loin de chez lui et maintenant sans emploi…

Au moins il habite au-dessus de l'atelier de Gaby !

Georges se resserre une limonade avant de poursuivre :
- Si j'étais lui, j'irais me renseigner du côté des boites qui font du service à la personne. Des fois, ils cherchent des renforts et je suis sûr qu'il se sentirait plus à l'aise !
- Si je le vois, je lui transmets l'information !

Après un dernier échange et un geste à Sophie, je sors du bar et remonte dans la voiture direction l'appartement pour quitter cette ville qui entre en ébullition.

Avant de mettre le contact, les paroles de Georges me reviennent à nouveau et mes doigts glissent lentement sur mon Smartphone à la recherche de ces souvenirs lointains.

Pas de nouvelles photos sur son compte…

Mes doigts reviennent à l'écran des messages, à notre dernier échange il y a quinze jours où je lui annonçais ne plus pouvoir vivre sans elle.

Je le relis une fois, deux fois, trois fois.
À chaque relecture, un mouvement de bascule se fait derrière mon sternum. Une bascule à l'image des rocking-chairs, une bascule m'amenant à la verticale de mon centre de gravité mais une bascule n'allant pas jusqu'à la chute.

C'est étrange… mon cœur plie mais il…il ne casse pas !
Il y a quinze jours, la bascule m'avait mené jusqu'à l'inconscience d'une nuit d'ivresse mais à cet instant précis, la bascule semble s'arrêter à la verticale…

Est-ce en raison de cette autre journée qui aura lieu avec Gaby et Thanh dans deux jours ?
- Peut-être.

Peut-être.-

Chapitre 17

L'amour est la chose qui peut nous rendre le plus malheureux du monde mais c'est au final la chose qui nous apporte le plus de bonheur.

Chapitre 18

À l'âge de dix ans, maman m'a inscrit dans un club de football.

Je n'ai jamais compris pourquoi ce sport.

Avant cela, je n'y avais jamais joué et les seules fois où nous tombions sur un match à la télé, maman zappait tout de suite sur une autre chaîne. Elle ne supportait pas de voir des personnes être payées des sommes astronomiques pour courir après une balle.

« *J'en ferais bien autant moi !* » disait-elle aussitôt après avoir changé de chaîne.

Pourquoi donc avait-elle choisi ce sport ?

La victoire de l'équipe de France ce même été ?

L'engouement des autres voisins ?

À défaut de trouver la raison, je sais au moins le point de départ.

En septembre 1998, alors que je revenais de l'école, j'ai surpris maman en train de se disputer au téléphone avec grand père.

- Tu l'as amené au club aéronautique ?

Papa, c'est une plaisanterie j'espère !

Peu importe qu'il y ait des activités adaptées à leur âge, ce n'est pas le problème !

Moi rester calme ?

J'avais hésité à vous le confier le mercredi après-midi mais si telles sont tes arrières pensées alors il faudra que tu te trouves un autre petit fils ! Je t'avais prévenu et tu le savais depuis longtemps !

Il faut que j'y aille, je dois préparer le repas.

Au revoir papa.

Le reste de la soirée se déroula dans une tension palpable. Maman était en colère contre grand père. Je fis mon maximum pour ne pas déranger, pour lui faire plaisir.

Même quand elle me dit que je n'irai plus chez mamie et papi le mercredi après-midi.

Même quand elle me dit avoir téléphoné au club de foot du coin pour savoir s'il restait des places.

Cette dispute vint marquer un point de départ officiel à une sorte de haine que maman avait envers son propre père et cet échange me hante encore souvent ; surtout depuis samedi dernier. Chaque fois que je touche ces moteurs de dirigeable, ces rouages mécaniques, la voix de ma mère résonne aussitôt dans le fond de ma tête.

Toujours avec son lot de tristesse, toujours avec ce même sentiment de vide.

Néanmoins, ce que j'ai découvert samedi dernier avec Thanh et Gaby, toute l'énergie que j'ai pu recevoir, tout cela vint à chaque fois balayer sa voix et me donner la force aujourd'hui de pousser à nouveau la porte de l'atelier.

- Oscar, la clé de 26 s'il te plait !

(…)

Oscar ???

Hey ! Pas le temps de rêvasser, c'est dans deux mois la fête, deux mois seulement !

Aussitôt revenu à la réalité, aussitôt j'exécute.

Gaby se montre parfois sec et speed mais à dire vrai, les moments d'échanges et de pauses sont plus importants qu'au bureau. Chose que je ne pensais pas trouver ailleurs...

Par exemple tout à l'heure, après avoir terminé le réglage des vilebrequins, nous avons pris un café et il nous a expliqué avec Thanh son intérêt pour les éléphants d'Afrique qu'il avait pu voir de ses propres yeux lors de ses voyages. Il reste fasciné par leur manière de se déplacer. D'après lui, les éléphants s'orientent en écoutant. Si jamais ils entendent des orages, alors ils remontent la piste pour pouvoir se rationner en eau.

« Je me demande ce qu'il se passerait si les hommes pouvaient se déplacer en utilisant davantage leurs oreilles que leur vue » nous a-t-il confié. Ce genre de petites phrases dont il a le secret, il semble qu'elles trouvent bon accueil chez moi.

Se déplacer davantage par l'écoute que par la vue...

- Thanh, tu veux bien renverser un verre d'eau sur Oscar, j'ai l'impression qu'on l'a encore perdu.

À nouveau sa remarque me ramène au direct. Thanh quant à lui reprend sa manœuvre sur le moteur numéro 4 un brin vexé. Gaby reprend :

- C'était pour rire Thanh ! Tu retrouveras un boulot ne t'en fais pas !
- Enfin bref, Oscar, il faudra être plus réveillé, je te rappelle que c'est aujourd'hui que la correspondante du journal régional vient pour son article et on doit être au taquet, au taquet les gars compris ?

- Oui chef, nous répondons en cœur avec Thanh.

Nous nous remettons au travail.

Thanh termine de s'occuper des pistons et j'assiste maintenant Gaby dans l'installation des bougies.

Il prend le temps de me montrer car je devrai faire pareil sur les autres moteurs. Une tâche assez longue mais à ma portée d'après lui.

Gaby et Thanh ont tous les deux commencé par un CAP mécanique et sont à l'aise dans ce qu'ils font. Ça semble tellement facile pour eux…

Moi je débute encore, mais sûrement voient-ils que j'ai gardé un certain coup de main grâce à grand-père.

Nous avons les mains couvertes de cambouis et je suis comme un enfant dans un parc d'attractions.

Sur le mur à côté des outils, se disposent bien ordonnées, des images et photographies d'aviation, des cartes des étoiles, des formules mathématiques…tout un univers qui semble donner de l'oxygène à une flamme trop longtemps endormie.

Après plus d'une heure à essayer de changer la bougie, la porte de l'atelier s'ouvre, une femme entre, enlève ses lunettes de soleil, regarde d'abord Thanh en lui adressant une salutation et reste figée en me regardant.

Comment ?!!

- Oscar, voici la journaliste dont je vous avais parlé, elle s'appelle Claire.

Claire…
la meilleure amie de Lola !

Chapitre 19

C'est la première personne que m'a présentée Lola après deux mois de relation.

C'est avec elle qu'elle réalise toutes ses soirées, avec elle qu'elle mange tous les samedis midi, avec elle qu'elle publie le plus de photos sur son compte Instagram.

Et sûrement elle qui aurait été la marraine d'un éventuel enfant.

Elle interview Gaby tout en lançant des regards confus en ma direction. Elle est aussi surprise que moi depuis son arrivée mais reste concentrée sur son article.

Forme des dirigeables, coût de l'opération, détails sur leur capacité, le spectacle final…toutes les questions y passent pendant environ une heure et pendant une heure, je n'arrive pas à m'enlever de la tête le fait que la personne ici présente connaît beaucoup de réponses à toutes mes questions.

Pour les besoins de l'article, elle vient vers moi pour m'interroger et je lui réponds en tremblant que je les assiste simplement.

Cinq minutes plus tard, elle ferme son magnéto, le range dans son sac et nous remercie pour l'accueil.

Elle ouvre la porte, instinctivement je me propose de la raccompagner, elle accepte.

Je referme la porte derrière nous et elle commence d'une voix à la limite du chuchotement :

- Je ne m'attendais pas du tout à te voir ici, c'est fou !
- Moi non plus si tu savais, moi non plus, je lui réponds enjoué et excité à la fois.
- Ça a l'air de te plaire en tout cas ce milieu, c'est vraiment sympa !
- Oui, pour le coup, on va dire que je redécouvre tout doucement une ancienne passion !

Grande inspiration, petites expirations, un regard vers le bas et une seconde inspiration de ma part l'invite à poursuivre et à aborder le sujet central :

- Et de ton côté…. ça va aller, me demande-t-elle d'un ton hésitant.
- On…On fait aller oui, j'essaie d'aller…

Elle continue après une petite inspiration :

- Lola m'a parlé des SMS que tu lui envoies…c'est plus à elle de t'en parler mais sache que tu comptes pour elle.

Je lui jette un regard furtif avant de fixer les paysages lointains et sentir la chaleur me remonter jusqu'aux coins des yeux.

- Je reviens à elle :
- Elle… elle va bien ?
- À vrai dire, ce n'était pas évident le premier mois et là c'est toujours compliqué j'ai l'impression.
- Je lui ai proposé le weekend prochain d'aller à Saint-Tropez mais j'attends toujours sa réponse. On dirait qu'elle n'est pas motivée je ne sais pas.

Le visage triste de Lola à la garden-party me revient avant qu'elle ne continue :

Ecoute Oscar, je dois y aller mais ça m'a fait plaisir de te revoir.

Des questions par dizaines se pressent au seuil de ma pensée mais étrangement, une plus importante m'invite à laisser là ce qui devait être là et à lui répondre humblement :

- Oui moi aussi Claire, moi aussi… Merci et bonne journée à toi !
- Bonne journée aussi, répond-elle étonnée.

Elle repart rejoindre sa voiture laissée à l'extérieur de la ville d'une démarche rapide.

S'attendait-elle à ce que j'insiste comme trop de fois l'ai-je fait dans le passé ?

Aucune idée.

Mais cette idée de laisser là ce qui devait être laissé m'apporta une nouvelle paix quand je revins aider Gaby et Thanh.

Chapitre 20

Le soir même nous nous retrouvons avec Malcolm au Trini Pub.

Je ne pouvais rester seul avec cette rencontre dans ma tête et il avait répondu positivement au SMS envoyé une fois sorti de l'atelier de Gaby.

- Alors, je te commande quoi Malcolm, ce soir ? C'est moi qui offre la première tournée, lui dis-je.
- Un truc soft, j'ai dit à Mélanie que c'était exceptionnel et que je ne rentrerai pas tard, me répond-il dans la foulée.
- Oui c'est ma faute, désolé…eh bien, tu as le choix, c'est open bar !
- Juste une limonade alors, me dit-il en souriant.

J'appelle le nouveau serveur en poste. Plus froid et moins sympathique que Thanh. Il arrive et prend nos commandes avant de repartir avec un air de dédain qui ferait fuir une mouche.

- Alors dis-moi Oscar, tu as revu Lola c'est ça ?
- Non non ce n'est pas ça… Aujourd'hui, j'étais à l'atelier mécanique avec ce Gaby et son assistant.
- Ah oui c'est vrai .Et ça va, ça se poursuit bien ?

- Plutôt oui, je dirais. On dirait que c'est l'univers dans lequel je me sens « *moi* ». Un endroit où mon esprit s'apaise. Ça va faire la troisième fois que j'y vais et à chaque fois c'est un réel plaisir, plaisir qui donne beaucoup d'entrain à la semaine de boulot…
- Eh bien voilà, tu as trouvé ton truc, me répond-il joyeusement.
- Arf je ne sais pas, c'est tellement nouveau, je ne sais pas si tout cela est réel au final… La dernière fois que j'avais touché à la mécanique, c'était avec mon grand-père. C'était lui qui m'y avait initié. Il avait sûrement vu que cette activité me plaisait réellement.
- Ton grand père….maternel ?
- Oui, je ne sais plus si je t'avais raconté, celui qui était aviateur. Il est décédé en 1998 dans un accident alors qu'il rejoignait le Kenya pour un de ses projets humanitaires.
- Wouah… il devait avoir une vie passionnante lui, relance-t-il d'un coup.
- Je pense aussi, lui dis-je après une légère expiration.

Le serveur revient et pose les deux boissons au milieu de la table ainsi que la note devant Malcolm et reste là à attendre le regard méprisant.

Gêné, Malcolm lui dit que nous allons régler quand nous partirons comme cela se fait ici et lui de repartir en soufflant d'énervement.

- Eh bien…je préférais l'autre d'avant. Il était beaucoup plus agréable !

La pensée de Thanh me vient et apporte avec elle un sourire.

- Moi aussi.

Enfin donc oui, cette redécouverte de la mécanique par hasard semble une très bonne chose mais si je t'ai envoyé un SMS tout à l'heure, c'était pour partager la visite inattendue de Claire à l'atelier cet après-midi.

- Claire, la meilleure amie de Lola ?
- Oui c'est ça !

Et nous voilà partis pour deux heures d'un échange où je peux lui raconter mes nombreuses pensées et lui son rôle de papa avec Mélanie auprès de ses triplées.

Il m'encourage à poursuivre cette activité de mécanique. D'après lui, j'aurais changé, je serais comme légèrement plus ouvert et enjoué qu'auparavant.

Avait-il raison ?

Au sujet de Lola, il rejoint la remarque de Claire : il me dit qu'il ne l'a revue qu'une seule fois depuis et qu'elle avait l'air ailleurs.

Le serveur nous amène encore trois verres chacun avant que nous nous décidions à partir, avant qu'un événement inattendu se produise : l'arrivée de Renan complètement bourré et avec lui deux autres filles apparemment dans le même état que lui.

Il nous remarque et sa surprise se lit aussitôt dans ses yeux :

- Oscar ?! Malcolm ?!!! Mais…mais…qu'est-ce que vous faites là vous deux ??!!

On se jette un regard avec Malcolm mais ni lui ni moi ne savons quoi faire pour parer à cette arrivée inattendue.

Il se rapproche en titubant et une bouteille à la main :

- Vous sortez vous le samedi soir maintenant ??

Il pointe son index en l'air comme s'il voulait prendre la parole et continue :

- Eh bien voyons, il fallait prévenir ! Je serais venu avec d'autres copines !!!

Et lui d'embrasser à tour de rôle les deux filles qui rigolent aux éclats.

Surtout pour toi mon petit coquin d'Oscar.

Mon sang ne fait qu'un tour et je me lève mais Georges est le premier à rejoindre Renan pour lui dire de partir.

Renan refuse de partir, le ton commence à monter dans le bar.

Il en vient à menacer Georges avec sa bouteille quand Malcolm arrive pour le ceinturer et le sortir du bar et lui d'hurler :

- Lâche moi le papa, lâche moi je te dis !
- Tu ne vois donc pas que ça te détruit depuis le début cette connerie, lui dit Malcolm une fois dehors.
- Ta gueule ! T'es pas mon père ! Tu joues le rôle du papa avec nous trois depuis le début mais t'es pas mon père et tu le seras jamais ! Occupe-toi de tes gosses plutôt !

À cet instant, Renan fonce sur Malcolm avec sa bière en guise de bâton et Malcolm de simplement se baisser, de poser son épaule sur son bassin et de le hisser comme un sac à patates en se relevant.

Après quelques élucubrations de Renan, celui-ci lâche sa bouteille et commence à ronfler.

Témoin de la scène, tout le bar est soulagé.

Notamment quand Malcolm crie tout haut :

- « Il…il était plus fort au foot qu'au rugby à l'école !
- Je le ramène chez lui, il est allé trop loin ce soir !

Georges me rejoint en regardant la scène d'un air déçu :
- Pauvre garçon va…pauvre garçon. »

Oui pauvre Renan…

Chapitre 21

Se peut-il…

Se peut-il qu'un homme trouve la réalité si insupportable qu'il en préfère une autre qui soit illusoire ?

Se peut-il que certains se réfugient complètement dans l'alcool pour fuir un monde, une part de réalité trop lourde à regarder ?

Mais une fois parvenus dans cet ailleurs de l'évasion, où sommes-nous précisément ?

Où sommes-nous …?

Juste l'enterrement de grand-père, le prêtre souleva cette question lors de son sermon. Pourquoi je ne le sais pas, mais je le verrai toujours derrière son pupitre à côté du cercueil à rappeler cette première question que Dieu lance à l'homme : *« où es-tu ? »*

Renan… où voulait-il aller avec l'alcool ?

Que cherchait-il à fuir par ce comportement extrême ?

Nous avons beau en parler mais aucun de nous ne le savons.

À croire que nous ne nous connaissons presque pas.

À croire que nous sommes restés toutes ces années en surface et que cet incident vient tout remettre en cause.

Où sommes-nous…

Chapitre 22

Ce regard perdu.

Ce regard si désespéré et vide qu'il avait face à nous...

Pendant deux jours, Renan est resté dans mes pensées.

Et ce fut de même pour ses paroles blessantes.

Avait-il eu raison d'appeler Malcolm « *papa* » ?

Je ne sais pas. Mais au final, je l'ai laissé s'occuper de Renan ne sachant quoi faire.

Il aura fallu attendre cette autre journée de mécanique pour que mon esprit passe à autre chose et cette annonce de Gaby aux alentours de 18h00 pour lui amener un électrochoc :

- Eh bien messieurs, je suis heureux de vous annoncer, à un mois de l'événement, que les moteurs 1, 2, 3 et 4 des aéronefs Orion et Pégase sont maintenant prêts. Il est temps de les monter.

Dans le quart d'heure qui suivit, nous étions dans un camion, les huit moteurs à l'arrière et en partance pour l'aérodrome de Vudores à vingt minutes de route.

Jusque-là, les *« samedis mécanique »* se cantonnaient à l'atelier de Gaby, à l'assister dans ce que lui faisait, à lui fournir les outils demandés, tenir les appareils pendant qu'il effectuait les manipulations, regarder, apprendre, manipuler sous son regard…Pour moi, les moteurs dont nous avions en charge la maintenance étaient des moteurs parmi tant d'autres.

Seulement, tout s'est accéléré à son annonce, tout s'est accéléré quand nous sommes montés dans le camion, tout s'est accéléré quand l'aérodrome au loin s'est inséré dans notre champ de vision.

Etait-ce l'effet du crépuscule ? Peut-être car jamais je n'avais vu un bâtiment aussi imposant, jamais je n'avais été aussi proche d'un lieu aussi magique depuis l'aérodrome fréquenté par grand père en Normandie, jamais la voix de ma mère ne fut aussi proche pour me dire de faire demi-tour.

Une fois sorti du camion, je suis resté bien cinq minutes à contempler la façade immense avant que Gaby ne revienne me chercher :

- Hey Oscar, tu viens ? Il y a mieux à l'intérieur !

Nous avons passé un premier portique de sécurité et à nouveau Gaby présenta différents badges pour pouvoir continuer.

Il n'était pas que mécanicien en aéronautique, c'était aussi lui le responsable maintenance des aéronefs, le responsable en chef et tout le monde le connaissait.

Après un troisième portique, il s'est arrêté devant une porte métallique et nous a regardés un instant avec un grand sourire. Il posa sa main sur la poignée, enclencha celle-ci et d'une voix encore plus enjouée qu'ordinaire, commença une phrase encore présente dans ma tête:

- Je suis heureux de vous présenter Orion et Pégase.

À peine eut-il finit sa phrase qu'un vertige m'emporta à l'ouverture de la porte, le même vertige que devant la mer de nuages, le même souffle chaud qui s'engouffre de la poitrine jusqu'aux orteils en levant chaque poil du corps à son passage.

À environ trente mètres, se tenait élevé à quelques mètres du sol, l'avant d'un immense dirigeable, l'avant d'un géant du ciel.

Il n'était pas similaire aux anciens dirigeables avec leur enveloppe tendue par une structure métallique mais son enveloppe à lui était directement tendue par le gaz sous pression à l'intérieur.

Gaby pénétra en premier dans l'enceinte et commença son exposé au sujet du premier aéronef ainsi que du second situé à l'arrière.

- Ils mesurent chacun quatre-vingt-quatre mètres de long, vingt-cinq mètres de haut pour trente-trois de largeur.
- Ils peuvent transporter jusqu'à seize personnes et approcher les 3500 mètres d'altitude selon le poids.
- C'est une firme locale avec laquelle nous avons un partenariat qui nous les prête mais cela fait dix ans que je travaille sur ce projet. Dix ans que nous nous évertuons à convaincre le comité d'organisation d'ouvrir les yeux sur cette opportunité jamais saisie, sur ce rêve d'enfant d'aller se rapprocher des étoiles.
- Dix ans.
- Dix ans…

À son regard et au son de sa voix, il était facile de reconnaître l'émotion qui habitait Gaby à ce moment précis, celle liée à une attente trop longue mais une attente qui touchait maintenant à sa fin.

Après un moment d'arrêt, il poursuivit son exposé :

- Venez, je vais vous montrer !

Il reprit sa marche vers l'aéronef et s'approcha d'un petit groupe de personnes qui se tenait juste en dessous et qui prenait des mesures. Ils ne s'en doutaient pas mais chacun d'eux accentuait l'effet imposant de l'appareil par la différence de taille avec ce géant des cieux. On aurait dit des fourmis mesurant le soleil !

Arrivé à leur niveau, Gaby serra la main de chacun et nous présenta comme ses assistants.

Si leur badge n'avait pas mentionné leur nom de famille, il aurait été possible de penser à des cousins de Gaby car tous avaient ce même regard pétillant, ce même regard rêveur.

Cachée derrière le petit groupe et faisant partie intégrante de l'aéronef, Gaby nous présenta la cabine de pilotage et s'en donnait à cœur joie dans les multiples explications. Les commandes qui gèrent la montée, celles qui affichent la température… au bout de quelques secondes, Thanh vint l'arrêter :

- Pardon Gaby… mais si c'est la cabine de pilotage devant là… où vont aller les seize autres passagers ?

À ces mots il arrêta son discours, alla se positionner face à l'engin et recula doucement en nous invitant à faire de même.

Nous l'avons rejoint et immédiatement nous avons compris.

Le dirigeable n'était pas composé d'une seule structure en forme d'ogive comme les anciens modèles mais de trois sous- ensembles, trois demi-ogives assemblées dans un plan horizontal le tout donnant l'aspect d'une voile de cerf-volant à trois bords ou encore d'un nuage dessiné par un enfant.

Il pointa du doigt les deux interstices supérieurs qui délimitaient les trois sous-ensembles. Sur chacun des deux était posée comme une cabine parcourant le dirigeable sur toute sa longueur. Deux cabines qui permettaient d'admirer le ciel d'une manière complètement nouvelle grâce aux baies vitrées en guise de plafond et à la terrasse ouverte à l'avant.

Aussitôt le visage de grand-père me montrant les étoiles m'apparut, à nouveau le sentiment de magie de son aérodrome, à nouveau je sentis sa présence rassurante aussi concrète qu'édifiante.

Thanh continua :

- Vous voulez dire que les passagers sont au-dessus du dirigeable dans ces deux cabines et que le pilotage se fait en dessous ?
- Oui c'est ça !
- C'est plus facile pour décoller et atterrir en fait.

Gaby continua son exposé et nous fit découvrir tous les rouages de ce géant. Nous avons pu tester les commandes de direction dans la cabine de pilotage, visiter les cabines des passagers…

Tout semblait comme dans un rêve éveillé lorsqu'un puissant coup de voix vint nous en extraire :

- Mille milliards de mille sabords !

L'injure résonna dans l'aérodrome pendant plusieurs secondes et vint marquer un arrêt dans l'activité de chacun.

Je reconnus l'auteur au terme du second écho contre les parois: M. Hilare.

Il faisait partie d'un petit groupe qui venait d'entrer dans l'aérodrome et comme nous, ce fut la première fois qu'il découvrait ce géant du ciel et comme à son habitude, son émotion prit le pas sur la raison.

- Eh bien voilà nos chers politiciens en visite avant les portes ouvertes de samedi prochain, nous dit Gaby.
- Venez, je vais vous présenter !

Encore obnubilé par le dirigeable, M. Hilare n'émit qu'un léger houspillement en me voyant.

M. Tison, président du comité d'organisation et membre de la communauté de communes au même titre que M. Hilare, nous serra la main avec une forte poigne et un grand sourire.

À côté de lui, Claire était à nouveau présente et couvrait l'événement avec son magnéto. Elle me salua chaleureusement et apporta à ma pensée l'image de Lola.

La présence de ces trois personnes me surprit mais ce fut la quatrième personne qui me laissa sans voix : un homme ayant la cinquantaine avec une moustache bien fournie et le regard sérieux :

- Oscar, commença Gaby, je vous présente M. Santin, c'est le secrétaire de l'association *« Albireo »*
- Albiréo ?
- Oui oui, c'est l'association d'astronomie partenaire de la fête des étoiles !

Albiréo !!

chapitre 23

Je pense que ça doit arriver une fois tous les deux ans ou peut-être une fois tous les trois ans mais il y a des jours comme ça où la vie semble apporter d'elle-même, sans que vous lui ayez demandé, une pièce de puzzle dont vous aviez besoin pour relier un gros morceau ; pour comprendre une zone restée floue.

Pour moi, ce ne fut pas une grosse pièce mais celle-ci était importante.

Albiréo était le nom de cette association et l'insigne sur la veste de pilote appartenant à papi me revint aussitôt.

Quand je suis ressorti de l'aérodrome, une force m'a poussé à aller demander à ce monsieur s'il avait connu un certain Lucien Timelin dans le passé.

Ce fut la première fois que j'osais en parler ailleurs que dans le cercle familial, la première fois que j'avais une piste sérieuse. Malheureusement, ce monsieur moustachu me répondit par la négative : il était arrivé dans la région il y a quatre ans et il ne connaissait pas encore toute l'histoire de l'association.

Mon cœur s'était emballé un peu vite mais au moins, il avait une piste sur le passé de papi. Toutes ses connaissances sur les étoiles, sur les constellations ; il avait dû faire partie de cette association dans sa jeunesse, la coïncidence était trop forte !

Oui, mon cœur avait une piste !

chapitre 24

6:50

À nouveau ce cauchemar…

Pourquoi ?

Pourquoi à chaque fois ces îles au loin ?

Pourquoi cette barque et pourquoi craque-t-elle avant de m'emporter par le fond et que je me noie ?

C'est limite si j'ai senti l'eau dans ma gorge ce matin…

Il n'y a pourtant ni créature, ni fantôme…
Alors pourquoi mon sang se glace dès que je vois ces nuages noirs, allongé dans cette barque ?

Cette fin, on dirait qu'elle devient de plus en plus réelle ces derniers temps...

6:57

Mon esprit se force et arrive grâce aux photos du smartphone à penser à autre chose ; notamment à cette journée portes ouvertes de l'aérodrome samedi dernier où Ben et Malcolm sont venus me rejoindre. Renan, quant à lui n'a même pas répondu à l'invitation.

Cette journée fut la première depuis quatre mois où je pus leur faire partager concrètement cette lointaine passion, ce feu qui reprenait doucement mais sûrement.

Leur faire découvrir les cabines, les moteurs récemment montés…ça nous a plongés dans un drôle de sentiment nous qui avions l'habitude de nous retrouver davantage au pub que dans un aérodrome.

Déjà, à peine sont-ils entrés dans le hangar qu'ils sont restés immobiles pendant bien vingt secondes devant les aéronefs. On aurait cru deux enfants découvrant pour la première fois leurs cadeaux au matin de Noël. Pendant plusieurs minutes, ils furent d'un silence consternant et ils n'arrivaient plus à trouver leurs mots. Heureusement que le comité avait installé une buvette ! Après une petite bière, Ben retrouva toutes ses facultés et apporta un grain de folie à la présentation guidée par une animatrice.

Au final, ils étaient ravis de me voir heureux et j'étais heureux qu'ils soient là.

Parmi les sept-cents visiteurs qui firent le déplacement, beaucoup avaient connu les anciennes éditions et avaient les larmes aux yeux en découvrant le nouveau projet et surtout en revoyant Gaby, M. Tison, M. Hilare, l'association Albiréo après neuf ans d'absence.

Ces gens avaient dû vivre de grandes émotions lorsque la météo était clémente et ils n'hésitaient pas à nous raconter tout en détail : les animations, les ateliers, les rencontres… tout y passait et logiquement aussi leur déception de voir échouer année après année une fête qui leur tenait vraiment à cœur.

Aux côtés de ces anciens participants, il y eut aussi des familles avec des enfants tous plus admiratifs les uns les autres devant les dirigeables. Vinrent aussi des étudiants, des curieux, des passionnés d'astronomie comme des amateurs ainsi que des personnes seules.

À la vue de tout ce monde présent, je pris davantage conscience de l'importance d'un tel événement et de la magie qu'il pouvait apporter l'espace d'un week-end.

Deux jours plus tard, nous nous sommes retrouvés pour manger ensemble avec Ben et Malcolm. Le journal local était ouvert sur une table voisine de la nôtre et revenait sur cette journée portes ouvertes avec des chiffres, des photos, des témoignages… ce fut semble-t-il une réussite et le rendez-vous était donné un mois plus tard pour l'événement annoncé : la fête des étoiles.

Cette ambiance qui régnait entre nous quatre, j'avais l'impression qu'elle avait gagné un territoire beaucoup plus grand et ils m'ont tous les deux assuré de leur présence le jour j.

Au moment de nous séparer, nous avons abordé brièvement le sujet de Lola avec Malcolm.

Dans la semaine, j'étais retourné voir son compte Instagram mais à ma grande surprise, elle n'avait publié aucune photo depuis trois semaines. Malcolm non plus ne comprenait pas ce silence. Nous avons abordé aussi l'état de santé de mamie, un état qui s'améliorait visiblement même si elle ne s'était pas encore réveillée. Une fois sorti, il me souhaita bon courage et bon repos après cette journée.

Quelques instants mon esprit revient à ce cauchemar avant de se fixer à l'heure affichée par le réveil, 6:59.

Alors que mes yeux commencent à se refermer, le smartphone entre en convulsion dans une musique assourdissante et se met à valdinguer dans tous les sens jusqu'à tomber de la table de chevet.

Je le saisis en sursaut pour éteindre l'alarme avant de voir écrit sur l'écran *« Appel inconnu »*.

Trois sonneries passent.

Timidement mon doigt balaie l'écran de gauche à droite et ma main de le porter à mon oreille.

- Allo ?
- Oui M. Oscar Timelin ?
- Oui c'est ça…mais qui...qui le demande ?
- C'est Jasmin, M. Jasmin !
- M. Jasmin ??!!
- Laissez-moi vous dire M. Oscar Timelin que vous êtes parti trop vite la semaine dernière. Alors même que je vous demandais des doubles signés avec votre cachet, vous étiez déjà dans votre voiture !
- M. Jasmin… nous… nous sommes samedi et il est 7h00 du matin…
- Comment ça samedi ?
- Eh bien regardez le calendrier sur votre portable…
- Oh mon dieu, c'est vrai ! Au revoir !

Il ne termine pas sa salutation qu'il a déjà raccroché.

Les clients qui se croient tout permis… il y en a marre !

Et si je suis parti un peu vite de son bureau, à qui la faute !

Si lundi les patrons ne me donnent pas un téléphone professionnel, je ramène M. Jasmin dans leur bureau et ils sentiront leur douleur !

(…)

Samedi…

Mes yeux s'ouvrent complètement, mon corps se lève pour ouvrir les rideaux et la lumière d'un soleil naissant emplit la chambre.

Comment aurais-je pu oublier ce jour ?
Comment aurais-je pu oublier ce dernier samedi de mécanique avant la fête de samedi prochain ?

Comment aurais-je pu oublier ?

chapitre 25

Thanh est absent depuis plusieurs samedis.

La dernière fois que je l'ai croisé, ce devait être un jeudi ou un mercredi lorsque je sortais de chez un client. Il était en train d'aider une personne âgée à traverser la route.

Après sa mission réussie et de multiples remerciements, il proposa son bras à une autre personne âgée restée sur place et qui attendait pour traverser. Seulement, cette seconde personne ne réagit pas du tout pareil à tel point qu'elle brandit sa canne en sa direction et vociféra des mots dignes de M. Hilare

Le pauvre…

En tout cas, j'ai réussi à le rattraper et après quelques échanges, je lui ai évoqué l'idée de Georges, au sujet des entreprises de maintien à domicile.

Peut-être y vit-il un signe du destin après ce qu'il venait de faire car il appela dans la foulée toutes les boites d'intérim concernées mais seulement une accepta de le prendre à l'essai.

D'après Gaby, il a obtenu vingt heures par semaine dont le samedi mais ça lui laisse du temps pour préparer la fête tout en mettant de l'argent de côté pour organiser son retour au Vietnam.

Mon regard revient à l'atelier et à la vue des espaces nettoyés et vides ; le plus gros avait été fait. Les moteurs avaient été montés sur les aéronefs quatre jours avant les portes ouvertes de l'aérodrome et les multiples vols d'essais donnèrent lieu à un spectacle à couper le souffle. Nous étions jeudi et il était 17h30 quand nous vîmes depuis le centre-ville les aéronefs au loin quitter la terre pour leurs premiers envols vers les cieux.

Les automobilistes s'arrêtaient pour regarder, les passants cessaient leurs discussions et les enfants posaient mille et une questions en les voyant. Même à cette distance, le spectacle était incroyable. Les voir s'élever tout doucement vers les hauteurs…l'émotion était palpable dans la rue où je me trouvais et ce fut l'occasion pour moi de parler de l'événement à ceux qui ne connaissaient pas.

Selon Gaby, il devrait y avoir au total cinq dirigeables le jour J et tous sont équipés des dernières technologies pour repérer la moindre brise dans un rayon de cent kilomètres.

Au sujet des conférenciers et des animateurs de terrain, tous avaient répondu présents et la population locale était de nouveau mobilisée après tant d'années pour accueillir tous les visiteurs attendus.

En me rendant au travail cette semaine, quelque chose en plus semblait habiter cette vallée. Même M. Hilare était moins agressif au téléphone, c'est pour dire !

Gaby, quant à lui, restait d'un calme déconcertant. Depuis ce matin, nous ne réalisons uniquement que des petits travaux sur des maquettes de bienvenue mais son sérieux et son silence depuis plus de quatre heures commencent à m'inquiéter.

Un mystère semble à nouveau entourer sa dextérité et un voile cacher une partie de lui. Que cache-t-il ?

Dans ce long silence et en regardant l'atelier, des souvenirs récents me rejoignent avec des touches colorées : l'image des éléphants qui avancent en écoutant, l'histoire des merles qui déroulent leur mélodie aussi bien dans un arbre que sur le toit d'une maison, le nombre d'étoiles de la Voie Lactée équivalent au nombre de grains de sable contenus sur la Terre… ces souvenirs des dernières semaines me reviennent un à un au grès des manipulations.

L'horloge sonne seize heures et Gaby se redresse :

- Ecoute Oscar, je vais devoir y aller. J'ai promis d'aller voir un ami avant la fête de samedi prochain. Vous n'aurez qu'à fermer et me rendre la clé plus tard, j'ai un double de toute façon. Dans tous les cas, on se retrouve sur place lors de la fête et si vous voulez occuper un poste, vous me dites !
- Oui entendu pas de problème, je lui réponds.
- Eh bien si jamais il manque du monde à l'accueil des dirigeables, je suis disponible en première partie de soirée !
- Super merci, me dit-il en se dirigeant vers le lavabo pour se laver les mains.

Je pose la pince sur la table et en profite pour m'arrêter une dernière fois sur ces photos collées au mur : Gaby avec des amis en train de bricoler un avion, le sommet du Mont-Blanc, des paysages de montagnes enneigées, l'inauguration de son atelier…

Après quelques instants, je pose mon torchon sur la table quand un morceau d'image derrière une caisse à outils attire mon regard. Un morceau d'image représentant le début d'un insigne familier. D'un geste, j'évacue tous les outils et pousse la caisse en la renversant sur le côté.

La poussière vole mais le petit insigne prend place au sein d'une photo en noir et blanc, l'insigne d'un aigle et d'un pont gravé sur un avion, un avion devant lequel se tiennent deux personnes tout sourires qui s'appuient sur l'appareil et que je reconnais aussitôt.

- Gaby !

Il ferme le robinet, se penche en ma direction. Il cesse de bouger, je sens son regard.

- Gaby mais c'est…c'est...

(…)

- Oui… c'est… c'est bien votre grand père, annonce-t-il d'une voix tremblante.

Mon regard revient à ce cliché inespéré.
Gaby et mon grand-père devant son avion Laté 25.
Sa moustache de jeunesse, sa petite taille, son front dégarni, son sourire…

- Cher Oscar, commence-t-il,… c'est bien lui et c'est bien moi à côté.

Il regarde au sol et le parcourt de droite à gauche et de haut en bas :

Avant… avant que votre grand père ne disparaisse, il… il était un ami.
Avant qu'il ne disparaisse, c'était un ami… c'était mon meilleur ami, termine-t-il d'une voix grave jamais entendue.

Ses yeux se gonflent d'humidité et sa main s'empresse de recueillir déjà le trop-plein.

- Mais…mais vous le saviez depuis le début ?
- Toutes… toutes les fois où je vous ai parlé de lui, vous… vous le saviez … ?
- Oui… et on peut dire que vous lui ressemblez plus que vous ne le pensez.

Il jette un regard humide à l'horloge :

- Je… je pourrai vous donner plus d'informations au cours des derniers vols de samedi prochain si vous voulez. Le dernier doit partir à une heure trente du matin et on a prévu de faire un vol plus long avec toute l'équipe d'organisation pour souffler un peu.
- Je dois y aller je suis vraiment désolé, je pourrai vous donner plus d'explications si vous le voulez...
- Oui bien-sûr, allez-y, allez-y.
- Eh bien à samedi alors,
- À samedi Gaby.

Et lui de franchir la porte avec une lenteur inconnue.
De mon côté, le feu immense se déploie à chaque coup d'œil et se transforme secrètement en son sein en un début de joie.

Gaby connaissait grand père… Il le connaissait !

chapitre 26

En milieu de semaine, j'ai reçu un appel de maman un soir, un appel qui allait tout remettre en cause quant à ma participation à la fête des étoiles.

Elle avait découvert un article dans un magazine qui présentait la renaissance de la fête des étoiles ; un article dans lequel apparaissait mon prénom en tant qu'assistant mécanicien.

À peine ai-je balayé l'écran pour répondre à son appel que sa colère s'enflamma :

- Oscar ! J'espère que c'est faux ! J'espère que tu n'es pas mêlé de loin ou de prêt À cette fête des étoiles ! Que tu n'es pas cet « assistant mécanicien » dont j'ai lu le prénom ?!

Sa colère était première et ma peur le fut de mon côté. Mais étrangement, une force me poussa à lui répondre :

- Si maman, c'est bien moi !

À ma réponse, sa colère se mélangea à de la panique et la panique à une crise de larmes !

- Mais qu'ai-je fait ? Qu'ai-je fait bon sang ? N'étais-je pas assez claire ? Fallait-il que j'arrête totalement de t'emmener voir Lucien et Lucie ??!

À entendre leurs prénoms, la colère me gagna aussi :

- Arrête Maman ! Arrête ! Tu n'as fait que détester papi lors de ses deux dernières années de sa vie, tu n'as fait que le détester ! Pendant cette période, jamais tu ne lui as signifié le moindre amour, jamais !

La fin de ma phrase vint marquer un arrêt, un retour au calme dans cette tension enfin à l'air libre.

Après quelques instants, elle reprit doucement :

- Ecoute Oscar, c'est simple, si tu veux continuer dans ce jeu, j'arrête tout, je coupe tout et c'est la dernière fois que tu m'entends on est d'accord ?

Son ultimatum vint couper court à toutes mes demandes d'explications et au seul *« pourquoi »* que je réussis à lui adresser, elle renouvela sa question :

- On est d'accord Oscar ?

Nous avons raccroché quelques secondes après.

La fête a lieu dans deux jours et l'idée de vivre sans le regard de ma mère m'est inconcevable.

La fête a lieu dans deux jours et je dois me résoudre à prendre la décision la plus raisonnable pour moi.

J'éteins le téléphone, le pose sur la table de chevet et seule la photo de Gaby et grand père vient me calmer et évacuer les excédents de colère.

chapitre 27

- Impressionnant ! C'était tout simplement impressionnant ! Jamais je n'avais vu un truc pareil !
- Oui moi aussi ! Surtout quand ils nous ont montré ces deux étoiles qui se touchaient presque mais qui n'avaient pas la même couleur. Scintillement en bleu pour la première et rouge pour l'autre. Comment a-t-il dit qu'elle s'appelait déjà… ? Réoalbi ?
- Réoalbi ?! Mais non, c'est Albiréo !
- Ah oui c'est ça ! Albiréo !
- Moi ce qui m'a le plus marqué, c'était leurs télescopes avec stabilisateur de visée ! C'est fou comment un tel engin peut à la fois annuler les vibrations et s'adapter à la trajectoire du dirigeable ! Jamais je n'avais vu la nébuleuse d'Orion aussi belle !
- Moi c'est le voyage à bord de cet engin époustouflant et le paysage qui m'ont énormément plu !
  En tout cas monsieur, merci à vous et à l'équipe pour ce voyage, c'était génial !
- Le plaisir est pour nous, je réponds au groupe de trois personnes venant de descendre de Pégase.

Ils passent devant moi et longent la file de personnes qui attendent tout en continuant leur discussion :

- Bon, il est 23h00 ! Et si on passait au stand tartiflette avant la conférence de 23h30 sur l'immensément grand, demande le premier.
- Allez c'est parti, répond le second. Je sens déjà le reblochon d'ici !

Voir tous ces gens émerveillés qui vadrouillent dans cette prairie à la lueur des lanternes chaudes, ces dirigeables qui n'arrêtent pas leurs ascensions divines, ces animations, ces conférences, ces stands… Une joie profonde m'habite depuis le début de la fête commencée il y a cinq heures. Une joie profonde d'avoir participé un peu à cet événement hors du commun.

Un papa qui attend dans la file avec son fils me demande :
- C'est vrai qu'il y a des télescopes avec stabilisateur à l'intérieur du dirigeable ?
- Oui c'est exact, ils appartiennent à l'association Albiréo qui les a conçus exprès pour l'occasion avec le soutien d'une entreprise locale.
- Wouah géant !

Un coup d'œil à gauche.
- Tenez voilà, vous voyez le monsieur moustachu, je leur demande.

Leurs acquiescements m'invitent à continuer :
- Eh bien c'est M. Anatole, c'est lui le responsable de l'association, c'est lui qui vous expliquera tout une fois à bord.

Gaby et M. Anatole descendent à leur tour de Pégase et franchissent la passerelle d'accès.

Ils regardent brièvement l'ensemble de la fête et échangent quelques mots avec un léger sourire. Ils balaient la scène devant nous d'un regard fatigué dû aux enchaînements des vols mais en même temps plein de reconnaissance. Certainement une reconnaissance de voir se rallumer une lumière depuis trop longtemps affaiblie. Sûrement savaient-ils ce que pouvait apporter dans le cœur de chacun une telle fenêtre sur la beauté du monde. Sûrement le savait-il.

À peine le dernier passager descendu qu'ils franchissent la passerelle et viennent me voir :

- Ça va, ça se passe bien, me demandent-ils en cœur.
- Ah oui très bien, les gens ont l'air vraiment content ! Et même quand ils attendent dans la file, ils me posent plein de questions donc je ne m'ennuie pas, c'est vraiment sympa !
- Tant mieux alors, me répond M. Anatole. Nous aussi ça se poursuit bien avec les dirigeables et c'est vrai qu'au niveau de la fréquentation, c'est incroyable le monde qu'il y a… J'espère qu'ils auront assez de tartiflette !
- En tout cas, la météo cette année est avec nous ! Ils prévoient juste des nuages mais uniquement à partir de trois heures du matin et rien pour demain !
- Excellent !

Gaby resté en retrait confirme sa parole par un regard amusé.

Ils prennent une gorgée d'eau avant de repartir et je laisse les seize prochains passagers franchir la passerelle.

Au milieu de la prairie, M. Tison, le maire, ainsi que les responsables sécurité déambulent fièrement dans la masse ; je les regarde quand je sens une petite main me tapoter le côté.

Je baisse la tête et remarque un enfant approchant peut être les quatre ans me regarder avec des grands yeux bleus perçants.

D'un geste, il regarde ses parents restés en arrière tout sourire:

- Vas-y, demande-lui, vas-y, l'encouragent-ils.

Il me regarde à nouveau les yeux ébahis :

- Hey monchieur l'astronaute, où c'est qu'on fabrique les étoiles en pluche ?

Un grand sourire se dessine sur mon visage, je me mets à sa hauteur :

- Alors, est-ce que tu vois les deux lanternes orange là-bas ?
- Heu oui !
- Ok et est-ce que tu vois la tente blanche juste à côté ?
- Heu… oui !
- Eh bien tu trouveras sous cette tente Aurélia et elle t'apprendra tout pour construire des étoiles !
- Mais ce n'est pas une tente ça, c'est une petite maison en plastique !

Et mon sourire de se transformer en rire tout comme celui de ses parents qui me remercient au passage.

Il me dit au revoir et s'empresse de courir au-devant de ses parents.

Un instant l'image de Lola me revient.

Étrangement, le sourire reste.

Les visiteurs affluent avec parmi eux, Malcolm et sa famille en compagnie de Ben et sa copine. Ils sont ravis tout comme les autres à l'exemple d'un collègue de bureau, de Claire, de Georges et sa famille…

Les dirigeables enchaînent leurs voyages vers le ciel quand les conférenciers apportent d'autres détails au sol. Les enfants s'adonnent à cœur joie dans l'espace qui leur est réservé quand les bénévoles s'affairent à préparer des régiments de tartiflette dont l'odeur emplit toute la plaine de *Huetguss*. Les sourires, la curiosité, l'émerveillement, le partage, les échanges ; rarement ai-je vu autant de joie… rarement.

La nuit se poursuit et l'heure avance à une vitesse que nous ne voyons pas défiler.

La file d'attente passe de quarante personnes à vingt puis à dix et enfin à cinq personnes lorsque M. Anatole annonce le dernier départ pour Pégase.

Trois quarts d'heure plus tard, seule une dizaine de résistants arborent encore une prairie uniquement éclairée par le quartier de lune et les lanternes, les stands de tartiflette et les autres tentes sont presque tous rangés et Pégase vient d'atterrir en libérant les derniers passagers.

Gaby en sort le dernier et vient en ma direction :

- Oscar ! Il est trois heures, il n'y a pratiquement plus personne ; les cinq dirigeables effectuent un dernier vol avec tous les bénévoles pour souffler un peu et pour vous remercier.
- Si vous ne pouvez pas rester, je pourrai vous parler de Lucien un autre jour si vous voulez.

Jamais je n'ai senti le mystère de grand père si proche d'être révélé et ce n'est pas une heure tardive qui va m'en éloigner :

- Bien-sûr que je souhaite monter !

Thanh nous rejoint après la fermeture de son stand, épuisé lui aussi mais les yeux pétillants de bonheur.

Les quelques mètres de passerelle qui nous séparent de la cabine donnent la sensation d'entrer dans une fusée, une sensation amplifiée par les projecteurs qui illuminent la plateforme de décollage.

Gaby entre en premier, je trouve une place à l'avant, le reste des passagers s'installe, le pilote fait son annonce, les moteurs reprennent en puissance et Pégase se soulève lentement.

Les yeux au ciel dans cet infini si proche, les étoiles nous attendent.

chapitre 28

Ça va bientôt faire dix minutes que Pégase a décollé et d'après l'altimètre, il est maintenant à 2000 mètres d'altitude.

Le paysage autour est remarquable avec les lumières de la ville et celles des villages situés sur les trois massifs autour, des massifs qui se distinguent encore nettement du paysage et le tout donne un panorama à couper le souffle, c'est sublime !

La vue au-dessus de nos têtes l'est encore plus : tous les cents mètres, des dizaines d'étoiles sortent de la pénombre et viennent s'ajouter à une myriade d'astres tous plus beaux les uns que les autres. La Grande Ourse, la Petite Ourse, Cassiopée... toutes ces constellations expliquées auparavant dans l'atelier de Gaby et autrefois sur les plages de Normandie m'apparaissent comme de véritables êtres en fusion qui sont là au-dessus de nous. Quelque chose de nouveau, quelque chose dont je ne savais pas l'existence s'éveille ou se rallume au plus profond de moi.

Nous avançons vers cet infini, ce sentiment s'amplifie.

Les trois visiteurs avaient raison...c'est incroyable !

À contempler ces merveilles, une main se tend à ma gauche suivi d'une intonation de voix émue :

- Beau travail M. Timelin !

Mon regard se tourne, M. Tison est debout au milieu de l'allée et remercie les bénévoles présents. Je n'hésite pas plus longtemps, ma main vient serrer la sienne :

- Le plaisir est complètement pour moi M. Tison !

Après un hochement de tête bienveillant, il continue dans l'allée de la cabine à remercier les dix autres bénévoles présents. Derrière le gabarit de M. Tison, Gaby me fait signe à l'avant :

— Hey Oscar, la vue depuis le pont est encore meilleure !

Après quelques secondes de silence, je me lève.

Sur le pont, seul un faible halo de lune apporte un peu de lumière à un endroit extraordinaire. Le toit de la cabine a disparu et seule une brise légère vient animer cet instant hors du temps.

Deux autres bénévoles contemplent le ciel.

Gaby avance vers le bout du pont et regarde au loin dans la pénombre. Je m'accoude un mètre à côté de lui sur la rambarde.

Il hoche la tête après quelques secondes :

— M. Tison a raison, vous avez fait du bon travail avec Thanh ! Merci infiniment !

— Ah…mais comme je viens de lui répondre, le plaisir est complétement partagé !

— Tant mieux alors, termine t-il avec un sourire.

À nouveau quelques secondes passent et son regard se porte d'étoiles en étoiles.

Il les parcourt comme s'il cherchait quelque chose…comme s'il cherchait des mots.-

Après deux bonnes minutes de silence, une question me vient pour le relancer :

- Tout à l'heure, il y a des visiteurs qui descendaient de Pégase et qui ont parlé d'Albiréo dans le ciel…c'est quoi au juste ?
- Albiréo, me demande-t-il après un regard express.
- Oui c'est ça.
- Albiréo en fait, c'est une double étoile.

- Deux étoiles qui sont à la fois très proches l'une de l'autre et à la fois très différentes dans leur scintillement. L'une est beaucoup plus jeune que l'autre et arbore un scintillement blanc alors que l'autre, plus âgée, se pare d'un scintillement doré voire rouge…

Il termine sa phrase et regarde maintenant en contre bas les nuages se déployer sous le clair de lune avant de redresser la tête :

- C'est…
- C'est en partie à cause de cette double étoile que votre grand père créa l'association à laquelle il donna le même nom.
-
- Pardon ?!
- C'est…c'est lui qui a créé l'association « *Albiréo* » ?
- Oui.
- Bien qu'il fut aidé par deux amis aujourd'hui décédés, ce fut bien lui le fondateur de l'association d'astronomie « *Albiréo* ».

Sa voix se mêle de légers tremblements et de légères coupures pour respirer :

- Je me souviens…il pouvait passer des heures allongé devant ce spectacle nocturne et quand il faisait ses voyages à l'étranger pour son travail, il ne manquait jamais de nous raconter ces instants à voler seul au milieu de la nuit.

Aux tremblements se joignent des hésitations à vraiment aborder un sujet sensible.

Après une profonde inspiration, il continue :

- La…la première fois que j'ai rencontré votre grand père, c'était lors de la première fête des étoiles il y a quarante-cinq ans.

À l'époque, ils avaient juste apporté deux vieilles jumelles, de quoi pique-niquer et un petit exposé sur la Grande Ourse, termine-t-il en souriant.

L'année suivante, ils ont recommencé et d'année en année, le succès fut toujours plus important. Toujours plus de monde venait, des passionnés, des amateurs…Avec les avancées technologiques, les télescopes à disposition étaient sans cesse plus performants. Ils avaient créé une sorte d'événement qui réussissait chaque année à apporter une magie dont la vallée avait plus que besoin. Et je ne vous parle pas des retombées économiques pour la ville…

À côté de cette fête que j'ai rejointe un peu plus tard, nous étions comme un petit groupe d'amis rassemblés par une même passion: je me souviens de cette ascension du Mont-Blanc, de ces soirées au bal à danser avec les filles…

Et puis un beau jour, alors que nous étions en train de réparer un moteur dans son atelier, une randonneuse et ses deux enfants sont arrivés paniqués.

Le quatrième membre de leur groupe, une jeune fille de vingt-six ans s'était foulée la cheville deux cent mètres plus loin sur un sentier. Cette jeune fille s'appelait Lucie et aussitôt en la voyant, il est tombé sous son charme.

Après plusieurs allers-retours en Normandie, il prit la grande décision de partir la rejoindre.

Nous avons gardé le contact et la fête des étoiles a continué son aventure avec un nouveau président, de nouveaux ateliers, de nouveaux bénévoles…

Oui…il pouvait passer des heures à regarder ces étoiles et il voulait partager ce sentiment d'émerveillement avec le plus grand nombre et en même temps s'occuper au mieux de sa famille.

(…)

C'était quelqu'un de bien votre grand-père. C'était quelqu'un de bien.

« …Quelqu'un de bien… »

Ses mots résonnent.

« C'était quelqu'un de bien votre grand-père»

Ils résonnent contre des parois inconnues,
Des parois dont je n'avais pas connaissance jusqu'à maintenant.

Sa vie, son travail…Je ne connais que des bribes et lui il me donne des morceaux de puzzle pour en raccrocher d'autres plus importants.

Mon grand-père était quelqu'un de bien…
Quelqu'un de bien…

Il se replonge dans ces nuages plus bas.
Il prend une seconde inspiration.
Il reprend :

- Environ…environ deux ans avant sa disparition, il devint comme plus sérieux.
- Plus sérieux ?
- Oui, comme plus grave.

Sa relation avec sa fille l'affectait beaucoup et d'autres questions vinrent le travailler.
Avait-il senti qu'il allait bientôt partir ? Je ne sais pas mais les discussions étaient comme plus profondes quand il nous rendait visite depuis la Normandie, plus existentielles.

Notamment depuis le décès de Martial, un ami en commun qui avait l'habitude de tester la puissance de ses voitures là où il ne fallait pas. Nous avions beau le résonner avec Lucien mais rien à faire. Un beau jour, il a évité une voiture pendant qu'il doublait une autre et a percuté frontalement un arbre.

Même s'il était parti depuis longtemps en Normandie, son décès l'a beaucoup marqué et lui a amené d'autres questions : la vie, la mort…

Je savais que Lucie s'inquiétait et je l'étais tout autant. Depuis deux ans, il avait perdu de son sourire. Il mangeait moins d'après elle et semblait chercher quelque chose avec une inlassable volonté.

Ce fut seulement deux jours avant sa mort qu'il semblait avoir trouvé quelque chose.

Avant qu'il ne parte pour le Kenya, il fit une escale ici à Grenoble et quand je le vis, je sus aussitôt que j'avais retrouvé le Lucien d'avant mais un Lucien avec quelque chose de nouveau, quelque chose en plus qu'il s'empressa de partager avec moi.

Gaby continue son discours et le feu allumé ne cesse de grandir à chaque mot qu'il prononce.

- Nous étions en train de prendre un verre en terrasse le soir et là, il m'avoua que cela faisait en réalité plus de dix ans que ces questions grandissaient en lui au gré de ses multiples voyages, rencontres et instants de solitude. Il me raconta toutes ses questions, ses réflexions…il me montra même ses carnets de voyage. On aurait dit un enfant qui avait trouvé un trésor après tant d'années.

Il voyait le monde d'en haut et le voyait aussi d'en bas. Il avait rencontré beaucoup de violence ici ou là-bas, beaucoup de misère et depuis tout ce temps, il se demandait comment…

Ses yeux parcourent lentement quelques astres dans le ciel avant de continuer :

…il se demandait comment l'homme faisait pour rester à flot dans sa vie.

- Rester à flot ?
- Oui, il se demandait comment l'homme pouvait-il rester à flot devant tout ce qui pouvait le faire sombrer. Comment pouvait-il ne pas se laisser engloutir par ce qu'il appelait « *toutes ces occasions de chute* ».

Et ce soir-là, animé d'une joie inédite, il m'a dit avoir trouvé comme une réponse.

Cela faisait dix ans qu'il avait commencé ses réflexions. Il avait résolu certaines questions mais ce soir-là, il avait trouvé une réponse.

À peine a-t-il commencé son verre qu'il se leva et alla vers la fontaine de la place, celle que vous avez dû voir en venant. Tout en regardant le ciel nuit noir, il me dit :

> *« J'ai l'impression…j'ai l'impression qu'au cours de notre vie, nous pouvons croiser des abîmes bien plus profonds et sombres que celui au-dessus de nous et qu'il est facile de s'y enfoncer en regardant certaines réalités intenables de nos vies.*
> *Longtemps j'ai cherché à comprendre comment nous pouvons rester à flot dans un monde pareil et jamais une réponse aussi précise et nette que celle d'il y a quinze jours ne m'était venue. »*

Je l'ai regardé et il a repris d'un air calme et à nouveau joyeux :

> *« J'ai la sensation…j'ai la sensation que pour rester à flot dans ce monde et même s'élever, l'homme n'a d'autre choix que d'aimer. »*

Il s'arrête, fait glisser son index sous son œil droit et à mon tour de plonger mon regard dans ces nuages, dans ces voyages, dans cette derniers mots qui semblent déjà raccorder des parties de moi-même, des questions laissées en suspens et lui de continuer :

- Il disait que tout ce qu'il avait vécu : ses nuits à contempler les étoiles, les kilomètres parcourus en avion, Lucie, les voyages, les gens, les cultures… que tout cela avait abouti en lui à cette réponse qu'il cherchait, à cette nécessité pour l'homme d'aimer.

Cette réponse semblait l'animer au plus profond et j'étais heureux de le voir ainsi, de l'avoir comme retrouvé. Retrouvé mais avec une puissance de vie nouvelle. Comme s'il avait traversé un long désert et qu'il venait d'en sortir. Oui, je l'avais comme retrouvé.

Le jour suivant, il a repris son voyage mais au lieu d'atteindre le Kenya, ce fut le ciel qu'il rejoignit.

À nouveau il fait glisser son index et cette fois-ci sous ses deux yeux.

Depuis deux minutes je n'arrive pas à les retenir mais j'en viens à l'imiter.

Il prend une grande inspiration :

- Je suis désolé, je… je ne savais pas comment vous en parler, comment aborder le sujet. J'ai bien essayé vingt fois mais à chaque fois les mots m'échappèrent. Alors quand je vous ai vu avec cette photo à l'atelier…
- Maintenant vous en savez un peu plus.
- Oui… votre grand père était vraiment quelqu'un de bien.

Je le regarde avec des yeux certainement plus qu'humide et un seul mot me vient :

- Merci… merci... merci…

Après quelques secondes, nos regards contemplent à nouveau cette voie lactée qu'il avait lui-même si souvent regardée et un sentiment nous traversent tous les deux, cette certitude de le savoir de là où il était, briller comme ces astres éternels.

« Pour rester à flot dans ce monde, l'homme n'a d'autre choix que d'aimer »

chapitre 29

Le vent me percute le visage par des bourrasques vives et puissantes. Un rapide coup d'œil à droite : l'Atlantique et ses inlassables vagues. À gauche, quelques jardins ici et là.

La partie droite s'oppose à la partie gauche mais mon objectif reste le même : l'aéroport !

Le guidon tremble, les roues encaissent les chocs ; j'ai beau connaître chaque recoin de ce raccourci, je dois rester sur mes gardes, la moindre crevaison pourrait me faire perdre la course, le moindre caillou pointu et c'est la fin.

La petite colline approche, il est onze heures, j'ai de l'avance. Il doit lui rester quinze minutes avant de décoller.

Je gravis la colline de sable, passe à proximité du vieux frêne, évite les mottes d'herbe, prends à droite à l'intersection et longe le champ de madame Gari. Un coup d'œil au loin et ça y est, j'aperçois la piste de décollage !

Un autre à ma montre, il me reste cinq minutes, j'y suis presque !

Une dernière descente, le guidon tremble davantage. Tiens le coup, tiens le coup, tiens le coup !

Exténué, j'arrive à quinze mètres du grillage me séparant de la piste et pose mon vélo en tentant de reprendre mon souffle.

Je suis à l'heure.

À environ cinq cent mètres, un appareil rouge bordeaux apparaît sur le tarmac dans un bruit familier et vient s'immobiliser en bout de piste.

C'EST LUI !

Après quelques secondes, un bruit grave retentit, il a allumé son moteur principal, l'avion est projeté en avant.

Le petit avion rouge bordeaux prend de la vitesse et se rapproche de moi.

500 mètres, 400, 300, 200, 100… il arrive !

Le même bruit, la même vitesse, le même frisson de voir s'envoler ce petit engin rouge dans les airs, de voir s'envoler ce grand-père si important à mes yeux.

Au moment où il quitte le sol, j'agite en l'air mon écharpe blanche et lui me répond comme d'habitude par un mouvement d'ailes.

Deux minutes plus tard il est déjà loin dans le ciel, trop loin pour que je continue à le suivre et vers une destination que je ne connais pas cette fois mais qui restera gravée à jamais dans ma mémoire, le Kenya.

chapitre 30

Combien sont-elles ?

Des millions ? Des milliards ?

Sûrement plus… et pourtant, chacune d'entre elles a un prénom, chacune d'entre elles brille d'un scintillement particulier et chacune reste éloignée d'une autre par une distance incommensurable, une distance qui dépasse toute raison et qu'on peut à peine imaginer.

On les croit au-dessus mais sûrement sont-elles devant nous,

On croit ce vide au-dessus mais sûrement est-il devant nous,

On dit que le soleil se lève mais n'est-ce pas la terre qui, par sa danse incessante, nous le présente chaque matin et nous ouvre à sa lumière ?

Je cherche et peut être un jour moi aussi je trouverai.

chapitre 31

Aimer,

Il pourrait s'agir du mot le plus entendu au monde, du mot le plus écrit au monde.

Et quand bien même nous ne l'utiliserions pas, alors sûrement vient-il à nos pensées très régulièrement pour ne pas dire tout le temps…

Aimer,

Il pourrait s'agir du mot que je lui ai dit le plus souvent,
Il pourrait s'agir du mot qu'elle m'ait dit le plus souvent,

Il pourrait s'agir du mot que j'aime le plus et il pourrait s'agir du mot que je saurais le moins définir,

Aimer,

Les raisons du départ de Lola me sont restées floues mais j'ai la brulante sensation que tout tourne autour de ce mot, qu'il y a derrière lui comme une réponse, une réponse dont je peux déjà sentir la proximité.

Aimer…

chapitre 32

Quatre jours après la fête des étoiles, un premier bilan de la manifestation fut donné dans le journal local. D'après ce dernier, la fête se résumait en deux mots : une réussite.

Et pour une réussite, ce fut une réussite : jamais une édition n'avait attiré autant de monde, jamais les conférenciers n'avaient répondu à autant de questions, jamais une attraction n'avait été si plébiscitée, jamais la réalité ne fut plus haute que la nostalgie, jamais !

L'édition 2019 marque déjà le grand retour de cette fête, le grand retour d'un week-end féerique au sein d'un massif qui en a tant besoin.

Parmi les gens en terrasse, beaucoup parlaient de cette fête et au-delà de son aspect féerique, ma pensée restait complètement tournée par les révélations de Gaby et par cette nécessité d'aimer… Les gens regardaient cette fête en arrière, moi je cherchais une réponse, vers l'avant. Que voulait dire ce mot ?

En premier, les recherches autour du mot « aimer » ont commencé avec internet. Un premier site affichait une définition en ces termes : *« aimer : éprouver de l'amour pour quelqu'un ou quelque chose »*.

Sûrement était-ce l'acte auquel je m'étais fixé avec Lola… éprouver de l'amour…

Sûrement m'étais-je arrêté à cette définition.

Par la suite, l'avis de Malcolm me sembla nécessaire et aussitôt qu'il m'écouta, il prit un air de papa qu'il surjoua :

- Oscar, mais bien entendu que je peux te dire ce que signifie « aimer » : aimer… c'est …c'est vouloir le bien de l'autre, c'est vouloir pour l'autre uniquement du bien et lui souhaiter seulement du bon, c'est dire du bien de l'autre et non du mauvais, c'est prendre soin…

Au bout de vingt secondes, mon corps a décidé de mettre fin à la masse qui planait sur ses épaules et a feint un rendez-vous pour pouvoir s'extraire.

J'avais toujours pris soin de Lola, j'avais toujours bien parlé d'elle…

Certes, bien avant qu'elle ne parte, il y avait cette sensation d'être comme sous l'eau. Cette sensation que c'était elle qui avait la tête hors de l'eau et qui faisait les navettes pour m'apporter de l'oxygène mais j'ai toujours pris soin d'elle, toujours je lui ai souhaité du bien et jamais du mal alors non, sa réponse ne m'apporta pas grand-chose.

Trois jours et deux nuits blanches plus tard me vint l'idée en sortant du travail d'aller demander l'avis de Georges en dehors de ses heures d'ouverture.

À ma question, il bégaya brièvement et il vint à me parler de sa femme partie douze ans plus tôt avec un ami à lui. Depuis ce jour, il avait écarté le sens même de ce mot dans sa vie et coupait à la racine tous risques de s'attacher à nouveau.

S'attacher…

Quand il prononça ce mot, une corde profonde lui répondit par une bribe imperceptible.

S'attacher…

Avais-je eu peur de m'attacher davantage ? De m'attacher au sens propre du terme avec des cordes et de devenir prisonnier… d'être prisonnier ?

Avait-elle eu peur que nous devenions prisonniers l'un de l'autre ? Devrais-je me résoudre moi aussi à vivre des histoires en refusant de m'attacher ?

Aucune idée. Cette bribe ne me répondit pas plus et je sentais que cette réponse n'était pas encore celle que je recherchais.

Les jours qui suivirent furent remplis de questions et les nuits de doutes quand ce ne fut pas ce même cauchemar qui revint à la charge avec une réalité maintenant oppressante.

En me voyant dans cet état, les patrons me conseillèrent de prendre quelques jours pour me reposer mais je ne voulais pas, il fallait que je trouve et que je trouve vite.

On dit souvent qu'on trouve quand on ne cherche plus. Je ne crois pas au dicton mais je dois m'y résoudre. Après douze jours de recherche, une réponse me vint.

Gaby avait encore besoin d'aide pour effectuer des rangements dans son atelier.

Aussi voulait-il nous remercier avec Thanh pour notre participation en nous offrant un verre le soir même. Thanh devait rester encore deux semaines avant de repartir pour le Vietnam et d'y entamer sa dernière année d'études. À sa demande, je suis allé à la supérette de la place pour acheter des produits d'entretien quand mon regard se porta sur le journal du jour que j'ouvris aussitôt. À la page trois y figurait une double page sur la réussite de la manifestation : des photos, des interviews… tout le monde avait l'air ravi et content de ces deux soirées.

Je lisais l'interview de M.Tison quand une voix dans mon dos me salua, une voix qui me retourna le cœur comme on retourne un sablier pour le faire repartir, une voix que je reconnus aussitôt, celle de Lola.

chapitre 33

Le journal toujours dans les mains je me suis retourné et le mirage devint réalité.

Le journal me glissa des mains et aussitôt elle se baissa pour le ramasser et me le tendre avec un léger sourire.

LOLA ! Ses taches de rousseur, ses yeux verts, son parfum, ses boucles chaudes, son regard... elle était devant moi !

Son regard était comme plus triste mais elle était bel et bien là !

Les mécanismes à l'arrêt depuis trois mois reprirent aussitôt du service et étaient déjà en surchauffe.

À nouveau elle répéta sa salutation :

- Bon… bonjour Oscar…

Je ne me souviens pas lui avoir répondu par des mots clairs et précis mais elle continua avec une voix qui réveillait chaque cellule de mon corps :

- C'est… c'est Claire qui m'a dit que tu travaillais dans les parages pour préparer cette fête… on m'a indiqué l'atelier d'un certain Goby mais je t'ai vu entrer ici…
- Goby ?
- Oui Goby

- Ah non…il…il s’appelle Gaby, lui dis-je en souriant. Et c’est exact, on…on a fait un peu de mécanique ces derniers mois.

Un sourire qu’elle m’a renvoyé aussitôt et quelle joie de la revoir, quelle joie !

Après quelques secondes de symphonie, son regard est redevenu triste et son air grave :

- Ecoute Oscar, je…je suis désolée ;
- Je suis désolée d’être partie si vite et sans rien dire ;
- Je suis désolée, j’aurais dû m’y prendre autrement je suis désolée d’avoir eu à fuir ainsi.

Ses yeux commençaient à devenir humide, elle prit une profonde inspiration et continua :

Quand j’y repense, après toute notre histoire, après tous ces moments et instants… voir comment moi j’ai réagi…

J’ai honte de moi... j’ai honte mais voilà, je ne pouvais plus… je ne pouvais plus, termina-t-elle avant de prendre une seconde expiration.

Quelque chose me mettait mal à l’aise et ce malaise n’a cessé de s’amplifier, il fallait que je parte.

Ecoute, je ne veux pas te déranger dans ton travail mais si tu es disponible ce soir ou demain soir ou un autre soir, je tiens, bien qu’il soit tard, à m’expliquer sur mon geste.

Tout au long de son discours, elle me lança des regards longs et profonds. On pouvait certes y voir la tristesse mais il y avait une seconde teinte, une seconde et discrète teinte. Une forme de pétillement caché dans un éclat silencieux mais bien présent.

Il m’arrivait souvent de voir ce pétillement lorsque par exemple je rentrais après un déplacement de trois jours et que nous nous retrouvions enfin.

Sa signification avait-elle changé ? Ou bien traduisait-elle maintenant une réalité opposée ?

En tout cas, la voir ainsi produisit en moi un immense feu de joie. Elle continua de se dire désolée mais depuis longtemps je ne l'écoutais plus, je voulais juste la serrer fort, glisser ma tête dans le creux de son cou et l'embrasser.

Sans reprendre le fil de son intervention, je lui dis oui à son invitation et nous nous sommes retrouvés le soir même au restaurant les Pralines.

Elle était là bien avant que je n'arrive et portait un blazer façon cape que je ne connaissais pas mais qui la rendait encore plus ravissante. Au moment d'entrer, les paroles de Gaby sur la nécessité d'aimer me revinrent.

À peine ai-je poussé la porte qu'elle m'a accueilli avec un sourire, sourire qui fut immensément partagé. Jamais je n'avais pris autant de temps pour me préparer et jamais je n'avais senti mon cœur battre aussi fort.

Quelques instants après que le serveur nous ait apporté nos verres, elle a commencé et dès ses premiers mots, on pouvait voir une vague de nostalgie qui brillait dans ses yeux.

Cela faisait trois mois qu'elle était partie de l'appartement mais elle m'avoua que le problème remontait à bien plus longtemps : elle évoqua cette soirée de Noël où elle me parla d'avoir un enfant. À la suite de cet épisode, un malaise est né, malaise qu'elle attribuait à ma personne, à ma réponse de n'être pas encore prêt à accueillir un enfant alors que toutes ses amies étaient enceintes... Ce malaise s'amplifia jusqu'à devenir invivable et a conduit à cette rupture.

D'après elle, il y eut un immense vide après son départ, vide qu'elle avait cherché à combler par toutes ces soirées et ces personnes qu'elle rencontrait. Elle y trouvait une intensité perdue, une lumière pour doper sa vie.

Elle essaya tant bien que mal de penser à autre chose mais une discussion avec Claire marqua un revirement dans son cheminement.

Claire lui a raconté l'interview à l'atelier de Gaby sur la fête des étoiles ainsi que notre échange une fois dehors.

Elle m'a imaginé dans cet atelier plusieurs jours durant si bien qu'elle en est venue à venir le voir en semaine.

Alors que je ne le savais pas, elle est venue et pour une raison inconnue, un parallèle s'est fait entre ce lieu secret, caché aux yeux de tous et sa vie, entre ce lieu reculé et son obsession d'être toujours dans la lumière, de vouloir toujours être vue et de le faire savoir sur les réseaux sociaux.

Elle vit à travers la vitre l'atelier et fut touchée dans le même temps par ma démarche, par cet intérêt retrouvé, par le fait d'avoir mon activité à moi et de doucement le développer.

Elle fit une pause dans son discours et des larmes coulèrent le long de ses joues. L'espace de cet instant, mon cœur s'arrêta devant l'intensité de la scène.

Elle essuya le rebord inférieur de ses yeux et continua pour me dire qu'au fil des mois, elle comprit que son bonheur n'était pas dans cette image qu'elle poursuivait, image qui l'avait poussée à me demander d'avoir un enfant mais que son bonheur était ailleurs…

Qu'il était avec moi.

Ses boucles chaudes que je ne trouvais plus le matin, ces nuits à me réveiller seul, ce long et silencieux combat intérieur pour ne pas désespérer… les larmes montèrent sans que je les appelle mais je préférai en recueillir une qui coulait le long de son visage avec un sourire de compassion. Sourire qu'elle me rendit aussitôt.

Quatre jours plus tard, nous nous sommes revus et là, nous n'avons pas attendu, nous n'avons pas attendu pour nous embrasser, nous n'avons pas attendu pour nous serrer l'un contre l'autre, nous n'avons pas attendu pour nous retrouver.

chapitre 34

Une joie peut-elle être à ce point si haute qu'elle en vient à nous inspirer la crainte ?

À elle seule, une personne peut-elle renverser notre amertume et changer notre vie ?

Inverser nos croyances pessimistes pour nous inspirer l'entrain et l'envie de continuer ?

Ce feu brulant serait-il lié à l'amour ?

- Je suis en réunion et mon portable vibre pour me dire que tu penses à moi
- Je me réveille au clair de tes boucles chaudes, tu ouvres les yeux, me souris et me donnes ton premier baiser de la journée.
- Nous sommes avec Malcolm, Ben et Claire au Trini Pub pour fêter l'anniversaire de Ben,
- Tu veux publier moins de photos sur ton compte disant que ce n'est pas important au final,
- Nous profitons des weekends pour faire des ballades plus proches et pour visiter des endroits plus apaisants,

Je lui dis que je l'aime, elle me dit qu'elle m'aime et chaque nuit nous demeurons peau contre peau dans un feu qui nous envahit tous les deux.

chapitre 35

Certains disent qu'à deux on est plus fort,

Jeudi dernier, je reçus dans la matinée un sms de maman, juste un sms pour dire que mamie commençait doucement à revenir à elle et qu'elle aimerait sûrement me voir.

Bien que le silence perdura avec ma mère, quelle joie, quelle joie ce fut de voir mamie éveillée ! Certes très affaiblie, mais éveillée ! Quelle joie de pouvoir lui parler à nouveau et de se savoir écouté. Quelle joie !

Compte tenu de son état et de sa fatigue, nous avons discuté plus doucement et lentement que d'habitude prenant régulièrement des pauses pour qu'elle puisse respirer. À ce moment précis, elle ne le savait pas mais elle me disait au revoir.

Une semaine plus tard, maman m'appela pour m'annoncer son décès. Il devait être quatorze heures.

Pourrais-je un jour te remercier pour tout ce que tu avais fait ?

Je ne pense pas.

Mais devant ce vide immense que tu as laissé, ce vide dont moi-même je n'avais pas pris conscience, ce nouveau vide où j'entends maintenant l'écho de ma propre voix me terrifiant, il y a une certitude insoupçonnée qui se vérifie chaque jour :

À deux, les problèmes ne s'évaporent pas mais à deux, nous sommes plus forts, à deux, nous sommes plus forts.

Elle avait quatre-vingt-huit ans et avait tout fait pour sa famille.

Je croyais que sa santé allait mieux,

La vie me rappelle sa fragilité et la cérémonie d'enterrement, combien de gens l'avaient appréciée.

…

Merci,

Merci pour tout mamie.

chapitre 36

- Mamie ?
- Oui Oscar ?
- Où…où est papi à cet instant ?
- … Sûrement… sûrement là où il a aimé être et d'où il peut maintenant veiller sur nous je dirais Oscar… quelque part à côté d'une de ces étoiles.

Quelque part au ciel oui.

chapitre 37

Au regard des jours qui passent, de ces journées à penser, une autre vérité se vérifie quotidiennement, celle de voir une nouvelle relation se déployer avec Lola.

Une relation que je ne dois pas tenter de maîtriser en mettant la main dessus mais que je dois laisser grandir, une vérité qui se vérifie chaque jour, celle de vouloir vivre à ses côtés.

Non, jamais un fait ne m'était apparu aussi vrai.

Mais que dire… que dire alors de ces peurs ?

Que dire de ces détresses qui viennent me tenailler l'estomac ? Sont-elles normales ? Sont-elles liées au récent départ de mamie ?

En les regardant de plus près, je suis tenté de dire non. Non car il me semble les reconnaître. Il me semble avoir déjà croisé ces mêmes peurs à une période où tout semblait calme.

Plus je les regarde et plus l'évidence tombe… ce sont les mêmes peurs qui vinrent me tenailler juste après Noël, juste avant la tempête, juste avant que Lola ne parte.

chapitre 38

Des bribes de voix incertaines et imprécises résonnent en périphérie de mon corps. Chaque écho de voix se fait de plus en plus net et la voix de Gaby vient me réveiller :

- Thanh, altitude s'il te plait ?
- Nous sommes à 4300 mètres d'altitude.
- Merci et au niveau des réserves en batterie ?
- Nous sommes à 80%, il nous reste un jour de voyage, cela devrait largement suffire.

Allongé sur le lit aménagé, mes yeux s'ouvrent et se referment en recherchant aussitôt le sommeil. La voix de Gaby, à la limite du cri, revient à la charge et me réveille complètement :

- Et pour la météo, ils prévoient quoi ?
- Du beau temps devant nous avec aucun nuage à l'horizon !
- Parfait ! Au moins les pilotes auront eu du beau temps depuis le début !

Nous voilà à notre troisième jour de voyage pour ramener Thanh chez lui et trois jours que je ne trouve pas le sommeil.

La voix de Thanh résonne tout près de moi :

- Hey bonjour Oscar, ça va, bien dormi ?
- Oui…oui…
- Et vos maux d'estomac, ça va mieux ?

- Toujours pareil merci,

Thanh s'était fait prolongé son stage de quatre semaines et le retour en dirigeable au Vietnam avait pour objectif de développer des échanges avec son université autour de l'astronomie.
C'est aussi Thanh qui prit l'initiative de m'inviter à faire ce voyage pour le raccompagner, une opportunité que j'ai saisie lorsque mes patrons ont décidé eux-mêmes de m'offrir quinze jours de congés.

Il s'assied dans le transat en face de moi tout en touillant son café :

- Je t'en sers un, me demande-t-il.

Mais c'est la voix de Gaby, encore à la limite du cri, qui vient me doubler :

- Tu peux nous en servir deux s'il-te-plait ?

Bonjour Oscar, alors mieux dormi, me lance-t-il fortement depuis le pont extérieur.

Je lui réponds avec un pouce levé à travers la vitre.
Comme à son habitude et comme chaque matin, Gaby se poste à l'extrémité du pont extérieur. De là, il peut aisément, avec ses jumelles, observer les paysages en dessous. Des paysages baignés par les différents levers de soleil qui défient chaque matin notre imagination.

Mon corps se lève péniblement et j'attrape au passage les tasses à café avant de le rejoindre dehors sur le pont.

- Une chance que vous ayez pu venir, me dit-il en prenant le café et en posant ses jumelles sur la table.

Loin derrière l'horizon, suspendu dans le vide à plusieurs dizaines de millions de kilomètres, notre soleil projette une onde rouge vive sur la terre postée quatre kilomètres plus bas.

Je porte la tasse à mes lèvres et la chaleur du café associée à cette ondée rougeoyante apporte un réconfort inédit à un intérieur épuisé.

- Oui c'est vrai que ces paysages sont complètement inouïs, merci encore...

Après plusieurs minutes à observer ce paysage changer lentement du rouge vers un jaune ocre, Gaby décroche ses jumelles et regarde au niveau de la voilure de Pégase comme s'il cherchait quelque chose.

Il me lance un léger regard :

- Ça ne va toujours pas mieux avec ces angoisses ?

Grande inspiration, grande expiration.

- C'est… c'est de pire en pire.
- Mais ça va passer ne vous inquiétez pas.

À ma réponse, il change d'angle de vue et poursuit :

- C'est... c'est en rapport avec votre compagne c'est ça ?

Un froid s'engouffre par l'intérieur, un sujet que nous n'avions pas abordé depuis le début du voyage. Une poussée m'invite à lui en parler quand une autre m'interdit strictement toute initiative.

- Je… je ne sais pas.

(…)

Voilà… voilà un mois que nous nous sommes remis ensemble après six mois de séparation et d'angoisse. Nous nous sommes remis ensemble mais au fil des jours, ces angoisses…ces pics intérieurs sont revenus et m'enlèvent toute énergie et me font douter de tout.

J'ai l'impression qu'une grande part du problème vient de moi mais je ne sais pas quoi. J'arrive pourtant à entendre dans quelle direction chercher mais je n'ai rien trouvé pour l'instant…

Un léger silence s'installe. Il reprend :
- On… on se doutait avec Thanh que quelque chose n'allait pas...
- Peut-être… peut être que les relations conjugales sont compliquées et parfois incompréhensibles.
- Mais je suis sûr que les réponses viennent à qui cherche vraiment. Même si elles nous paraissent en retard, je suis sûr que les réponses arrivent tôt ou tard.
- Courage cher Oscar !

De côté, je vois qu'il arbore un regard lourd et il continue :
- Mais sachez… sachez en tout cas qu'il manquait quelque chose à l'atelier ces dernières semaines et que… au fond, vous aussi vous êtes un homme bon !
- Sachez-le !

Il termine sa phrase par un léger sourire compatissant, une phrase qui apporte avec elle beaucoup de réconfort.

« Vous aussi vous êtes un homme bon, sachez-le »
- Merci…

Plusieurs inspirations.
Je me tourne à nouveau vers lui :
- Et j'ai aussi du mal à croire que nous allons au Vietnam, qu'au-delà de cet horizon-là se trouve ce bout du monde.
- Une culture que je ne connais pas du tout !
- On… on va se poser chez lui à Hanoï c'est ça ?

À nouveau il reprend son entrain et son sourire habituel pour me répondre :

- En fait, il habite un endroit plus à l'est et qui touche la mer. Un espace immense classé comme une merveille du monde et appelé depuis longtemps « LA BAIE D'HALONG »

La Baie d'Halong ?

chapitre 39

Trois heures ? Quatre heures ? Cinq heures ?

Combien de temps ai-je dormi cette nuit ?

Aucune idée… Je sens qu'il fait jour au-delà de mes paupières mais je ne veux pas les ouvrir, juste me rendormir.

Tout dans le dirigeable est confortable et spacieux mais ces détresses me prennent de plus en plus violemment et ne cessent de me réveiller.

Oui il fait jour.

Il fait jour mais quelque chose est différent par rapport aux derniers jours…

La… la température !

Elle a changé,

Il fait à nouveau bon,

Je peux à nouveau sentir la douceur sur mon visage !

Et le bruit sourd des moteurs de Pégase, où est-il passé ?

En un instant, j'ouvre les yeux,

Des nuages gris, des nuages noirs et le sol sur lequel je suis allongé tangue à droite et à gauche.

Une barque !

Bon sang pas encore !

Je me redresse et porte brutalement mon regard au-dessus de la balustrade.

Une pierre se décroche, le mur tremble, une seconde se décroche, le mur s'écroule sur lui-même.

Des rochers ! Des rochers immenses entourés par l'océan à seulement cent cinquante mètres !

C'est pas vrai !

Je me lève aussitôt, la barque tangue à 45°, je perds l'équilibre, la voix de Thanh explose dans mon dos et mon corps bascule de tout son poids dans cette masse sombre et opaque de l'océan autour de nous.

L'eau glaciale m'envahit d'un coup et le fond m'attire et m'absorbe dans son obscurité incommensurable.

Ce n'est pas un rêve ! remonte !

De gauche à droite, mes mains s'agitent mais ne trouvent pas le bateau. Mes jambes font de même mais sans parvenir à faire remonter ce corps qui s'enfonce dans ce vide. L'obscurité m'enveloppe et l'eau arrive par mes narines.

La corde se serre,
Un rythme rapide, un rythme plus lent, un rythme très lent,
Cinq pulsations, une pulsation,
La défaite,
Le néant,
Plus rien.

Oscar…

… Tu dois continuer ton chemin …

chapitre 40

On oublie souvent à quel point la vie est fragile.

Il y a des hommes qui depuis longtemps ont dépassé la centaine, d'autres ont à peine quinze ans et d'autres qui ont juste eu le temps de connaître le sourire de leur parent.

Y a-t-il une justice à tout cela ?

Et toi grand père, où es-tu dans ce vide abyssal ?
Où es-tu ?
Pourquoi es-tu parti alors que nous avions tant besoin de toi ?
Pourquoi ?

J'espère en tout cas que c'est toi qui es venu chercher mamie avec ton avion.
Elle devait t'attendre depuis toutes ces années…
Il s'en est fallu de peu pour que je grimpe juste après elle. À vingt secondes près, il aurait fallu que tu reviennes pour moi.

Heureusement qu'il y a eu cette main pour me saisir le poignet alors que je m'enfonçais, heureusement que Thanh a vite réagi en plongeant aussitôt pour me récupérer, heureusement car sinon, il aurait fallu revenir pour me chercher…

Avoir été si près de vous l'espace d'un instant, je n'ai pu vérifier ce que j'espère de tout mon cœur : vous savoir maintenant tous les deux en paix là-haut.

chapitre 41

D'après Gaby, j'ai mis toute une journée avant de revenir à moi.

À peine réveillé et contre les avis de Thanh, de Gaby et du médecin présent, je me suis empressé de sortir de cette maison inconnue pour vérifier la dernière image qu'avaient fixée mes yeux.

Je suis sorti et une fois à l'extérieur, cette eau glaciale me revint dans la gorge et dans le corps tout entier.

En voyant ce paysage devant moi, mon corps a basculé sur le côté mais cette fois, Gaby s'est précipité pour me soutenir et m'empêcher de tomber au sol.

L'horizon n'était plus cette ligne blanche de nuages mais une ligne discontinue formée par des monticules de rochers immenses à perte de vue cernés tout autour par de l'eau.

Il n'y avait aucune différence, aucune différence avec le paysage de mon cauchemar, tout, absolument tout concordait : l'eau, les îles montagneuses, les arbres, les rochers…tout concordait : La Baie d'Halong.

Thanh et le médecin sont venus aider Gaby à me ramener à l'intérieur de la maison de Thanh, une maison perchée sur une de ces îles et moi je criais pour rester dehors épuisé que j'étais du récent accident, épuisé que j'étais de ne rien comprendre à tous ces évènements.

chapitre 42

Le visage inquiet de Lola fut le premier que je vis à l'aérodrome de Vudores. Elle était là à m'attendre sur le tarmac et je vis à travers le vitrage sali par ce long voyage des larmes couler le long de ses joues.

Je voyais son visage mais un autre était encore présent dans ma tête, trop présent pour pouvoir me réjouir de sa présence.

Trois jours après mon accident et toujours installé dans la maison de Thanh, celui-ci vint me chercher au moment où le soleil se couchait pour me montrer quelque chose.

Bien que ce paysage fût pour moi signe de détresse, il revêtit l'espace d'un instant une lueur d'espoir, une lueur chaude et accueillante.

Nous devions repartir le lendemain, Gaby avait pu rencontrer les enseignants de Thanh et a pu ainsi leur témoigner sa gratitude pour le travail effectué dans cette manifestation.

De mon côté, j'avais récupéré plus vite que prévu.

Tout était prêt pour le voyage de retour. Tout sauf mon cœur encore en détresse.

Thanh vint donc me trouver et nous sommes sortis pour marcher un peu. Après deux-cents mètres, nous nous sommes assis sur un banc en bois qu'il avait peint en vert et qui nous donnait une vue imprenable sur cette baie.

Devant nous, le soleil était arrivé à la fin de son parcours et illuminait d'un jaune ocre les sommets de chaque île ou *« pain de sucre »* comme il me corrigeait souvent. En voyant ce soleil et la lumière qui s'en dégageait, la même sensation monta au plus profond de moi : celle d'être arrivé au bout, au bout de mon parcours.

Il s'assit le premier et je l'imitai dans la foulée.

Il commença par me remercier chaleureusement de l'accueil reçu en France et pour le travail qu'il avait trouvé le restant des vacances. J'avais beau lui dire que je n'avais fait que transmettre l'information, pour lui c'était pareil. Nous avons continué en abordant la suite : comment il envisageait sa poursuite d'études, comment je voyais la reprise au bureau… Au fil de ces minutes, il devenait un peu plus comme le petit frère que je n'avais jamais eu et sur qui je me voyais bien veiller.

Mais au fur et à mesure, j'ai compris que c'était davantage lui qui veillait sur moi.

En effet, il pointa du doigt une vieille cabane au bord d'une plage située sur une île à gauche de notre position. Elle était assez petite et rouge avec une seule fenêtre et une seule porte et avait appartenu à un vieil homme du nom de Hoài.

Il y a plus de quatre-vingts ans, alors que ce vieil homme n'était encore qu'un enfant, un désir puissant vint le porter à devenir un homme et Thanh me raconta son histoire.

- À peine plus haut que le pallier de la cabane, Hoài restait assis là des jours entiers à regarder les îles en face. Il restait là et imaginait ce que pouvait renfermer ces îles que les pêcheurs lui décrivaient : *« Oh mon petit, sur cette île que tu vois se trouvent les plus beaux oiseaux de cette baie et derrière elle, se trouvent cachées des grottes aussi grandes que le ciel ».*

- Hoài restait là à les écouter, à dessiner les oiseaux décrits mais sans jamais pouvoir aller les voir de ses propres yeux.
- Il y avait bien une barque devant sa cabane mais à chaque fois qu'il montait dedans, ses mains se liquéfiaient de peur à l'instant où il prenait les rames. Jamais il n'osa franchir le pas et la barque inutilisée resta sur le sable.
- Un jour, un vieux pêcheur qu'il n'avait jamais vu accosta sur sa plage et lui demanda de l'eau pour se désaltérer. Après un petit échange et l'avoir remercié, le pêcheur lui dit avant de repartir : *« Tu me parles de grottes, tu me parles d'oiseaux légendaires... Mais j'ai l'impression que tu vis dans ta tête...Pourquoi ne pas aller voir sur le terrain, voir à quoi ils ressemblent vraiment ?*
- *La nature et la vie seront toujours plus grandes que nos représentations donc n'aie pas peur ».*

Le lendemain, piqué au vif par les paroles du pêcheur, Hoài se leva, poussa sa barque, monta dedans et commença à ramer de toutes ses forces. De toutes ses forces, il rama.

La joie, la panique, la liberté et le vent coulaient dans ses veines et lui apportaient une sensation de folie. Les idées arrivèrent par centaines mais lui ramait de toutes ses forces jusqu'au milieu du lagon.

À ce niveau, une seule pensée vint l'arrêter d'un coup : *« Et s'ils n'existaient pas ? Et si ces oiseaux que j'ai dessinés n'existaient pas ? Et si ces grottes n'étaient pas aussi grandes ? Si elles ne faisaient que deux mètres de haut ? »*

Arrêté au milieu du lagon, il resta là toute la journée cerné par la peur, la peur de voir s'envoler les animaux qu'il avait dessinés s'il accostait l'île.

Après une brève inspiration, Thanh continua son histoire :

- Les quelques pêcheurs qui passaient à proximité se moquaient de lui et il préféra au fond ne pas continuer et laisser ses rêves intacts. Il se dit *« je n'ai que mes rêves dans ma vie et je préfère les garder loin de moi mais à portée de vue plutôt que d'accoster, de les effrayer et qu'ils ne s'envolent. Je ne pourrai pas supporter.*
- *Au moins j'ai mes rêves ».*

Il prit les rames et commença à rebrousser chemin le visage tout triste.

Le regard toujours fixé sur cette île, les dernières paroles du pêcheur lui revinrent :

- « La vie sera toujours plus grande que nos représentations »

Ces mots résonnèrent dans son cœur et lui apportèrent un grand réconfort face à la tristesse subitement ressentie.

Il se répéta encore les paroles pendant quelques minutes avant de s'arrêter à nouveau mais cette fois-ci pour inverser le sens de rotation des rames et il répartit, il répartit vers cette île, plus doucement certes mais il répartit vers cette île.

Au bout d'un moment, sa barque s'arrêta d'elle même avec le sable du fond et les rames ne servaient plus à rien devant l'immense rocher qui lui faisait face.

Apeuré par le fait de découvrir un lieu qu'il avait imaginé pendant de nombreux mois, il mit plusieurs minutes avant de descendre à terre, avant de marcher vers cette plage déserte et mystérieuse.

Thanh termina sa phrase et à l'instant même et sans connaître la fin de l'histoire, je sus que quelque chose avait été touché en moi, que quelque chose avait été apporté et consolidé.

Comme les dernières pièces d'un puzzle, celles qui permettent de joindre le tout. Thanh continua :

- Au final, une fois sur place, le jeune homme trouva des oiseaux plus petits que ceux de ses dessins mais plus colorés. Quant aux grottes, elles étaient non seulement plus grandes mais abritaient des formes extraordinaires de calcaire. Suite à cette découverte, le jeune homme décida de visiter toutes les îles de la baie et remercia le ciel pour ses multiples rencontres.

Thanh poursuivit en me disant que cette histoire l'avait beaucoup inspiré quand il était petit et qu'il avait ressenti ce besoin de la partager avec moi.

Il me donna comme une clé invisible mais ce fut bien plus qu'une clé.

Le dirigeable venait d'atterrir sur la piste de Vudores et de même que des larmes d'inquiétude coulèrent sur les joues de Lola depuis cet accident loin d'elle, des larmes coulèrent sur les miennes aussi. Je compris... je compris qu'à force de rester au milieu de la baie… qu'à force de rester dans l'eau depuis si longtemps, mes planches à moi avaient fini par moisir et craquaient à la moindre pression pour m'emmener dans le fond de ces abysses.

Depuis tous ces mois, ce cauchemar n'était pas un cauchemar...

C'était un sauvetage !

chapitre 43

Après nos retrouvailles sur le tarmac de Vudores, il me fallut plusieurs semaines voire plusieurs mois pour apprivoiser ce qui se tramait en moi depuis vingt-cinq ans.

Au cours de ces semaines, j'avais la certitude que l'histoire de Thanh et les révélations de mon grand-père sur la nécessité d'aimer dialoguaient d'une manière assez mystérieuse mais certaine et à force d'écouter, je parvins à distinguer certaines bribes de leur discussion.

Depuis le début de notre histoire avec Lola, j'ai toujours fait de mon mieux pour l'aimer. J'essayais de la suivre partout où elle désirait aller avec moi. Je faisais mon maximum pour lui porter une attention de tous les moments. Certes j'avais peur de m'attacher et qu'on s'emprisonne avec le temps et le quotidien mais je l'aimais énormément et je ne souhaitais que son bonheur.

Ainsi le problème me semblait venir d'ailleurs, il semblait venir de moi. Je l'aimais c'était certain mais moi, est-ce que je m'aimais ?

Depuis mes sept ans, depuis ce jour où je vis pour la première fois des marques noires sur le visage et les bras de maman, je ne vécus pour une seule et unique chose : faire plaisir à ma mère.

Il fallait tout faire pour lui faire plaisir mais surtout ne pas faire de vagues. Maman me proposait d'arrêter la mécanique avec grand père, j'acceptais. Elle me proposait de commencer le foot, j'acceptais, d'entamer plus tard des études dans les assurances, j'acceptais. J'acceptais tout pour alléger son fardeau, pour lui faciliter la vie au maximum et la mort de grand-père cinq ans plus tard ne fit qu'aggraver cette réaction. J'écoutais le moindre de ses désirs, la moindre préoccupation, le moindre signe. Il ne fallait pas, pour tout l'or du monde, qu'elle puisse être triste.

En y regardant de plus près et avec vingt-cinq ans de recul, j'ai compris qu'à force d'avoir écouté ses désirs à elle, j'ai oublié que moi-même j'en avais. Qu'à force de ne pas m'écouter, ma propre barque s'était progressivement arrêtée au milieu d'un gigantesque lagon et les seules choses que je recevais étaient les moqueries et les regards désespérés des autres.

Je savais que la mécanique me rendait heureux. Grand père me montrait et m'apprenait tout mais ma mère refusait de me laisser pratiquer. Je savais que l'astronomie me plaisait mais c'est le football qu'elle m'invita à poursuivre.

Ma barque s'était comme arrêtée au milieu de la baie et tout mouvement vers l'une de ces îles fut alors impossible. Le temps passa et l'interdit s'estompa avec l'âge mais je continuais de garder ces rêves loin de moi ; j'avais passé trop peu de temps auprès d'eux et je ne voulais pas qu'ils s'envolent si jamais j'accostais. Je savais qu'ils étaient là et ça me suffisait à l'image de Hoài. Oui, ça me suffisait.

Cependant, la barque n'était pas de cet avis et après toutes ces années, le fond commençait à moisir à force de rester dans l'eau. Il fallait que j'accoste pour rester en vie, il fallait que j'aille vers là où je me sentais bien.

Jusqu'à maintenant, je croyais qu'aimer était un don de nous-mêmes vers une personne externe.

Mais se pourrait-il qu'aimer soit aussi s'aimer soi-même et aller vers ce qui nous amène du bien ?

Se pourrait-il qu'aimer soit avant tout une écoute ?

Se pourrait-il qu'aimer consiste à vivre sa vie, à avoir ses activités, ces choses qui nous épanouissent avant de vouloir éventuellement la partager ?

Pouvons-nous dire que plus nous avons notre propre chemin et plus nous pouvons nous rapprocher et entrer en relation ?

Pouvons-le nous ?

En redécouvrant la mécanique aux cotés de Thanh et Gaby j'ai bien senti qu'un vent puissant s'était mis à souffler à nouveau sur mes voiles et une partie de moi en était certaine, beaucoup de réponses s'y trouvèrent parmi les multiples questions qui continuèrent d'arriver.

Quelques semaines après nos retrouvailles, mon attention s'est ainsi focalisée à avoir davantage « *ma vie* ». Il ne fallait plus que Lola ou ma mère soient devant moi, il ne fallait plus qu'elles soient mon horizon. Il fallait que j'arrête de les mettre devant moi pour freiner ma vie ou pour tout attendre d'elles. Il fallait qu'elles soient à côté de moi et non plus devant moi. Il fallait réajuster ces choses avant qu'elles ne causent d'autres soucis.

Marcher sur « *mon chemin* » commença par reprendre cette activité de mécanique sur mon temps libre.

Se préparant pour un long voyage de repos, Gaby m'a conseillé un garage collaboratif à Grenoble à ma demande. En y allant pour la première fois il y a deux semaines, une partie de moi a vraiment été dans la joie. Dans la joie car je retrouvais ce sentiment qui était apparu dans son atelier mais en un peu plus fort. Je rencontrais d'autres personnes toutes aussi passionnées que moi par ces mécanismes et j'en apprends davantage chaque fois que j'y vais.

Avec Thanh, je ne les remercierai jamais assez. Je revois encore le sourire de Gaby, assis dans la nuit sur le pont de Pégase, assis juste au-dessus du niveau des nuages si bien qu'on aurait largement cru qu'il était vraiment assis sur ces vapeurs grises. J'ai beaucoup de chance de les connaître et ils m'ont donné rendez-vous l'année prochaine pour à nouveau préparer la fête des étoiles. Cette édition 2019 aura eu un retentissement international avec les dirigeables et travailler à nouveau sur ce projet avec les nouvelles compétences que je vais apprendre me procure un entrain et une joie nouvelle d'aller de l'avant. Ce fut avec grand plaisir que j'acceptai son invitation à revenir à l'atelier au printemps prochain.

Ma mère aussi se trouvait sur le tarmac à notre retour du Vietnam. Elle avait beau m'en vouloir d'avoir participé à cette fête des étoiles, mon accident lui avait complètement retourné l'estomac et à ma descente, elle m'enlaça devant le petit groupe présent avec une force que je ne lui connaissais pas.

Au cours du voyage retour, Gaby m'avait confié le soin de lui remettre une enveloppe. Il s'agissait d'une carte de grand père envoyée à Gaby, sa dernière avant de disparaître. Il me fit brièvement un résumé et donna une explication à l'attitude de ma mère à l'égard de grand-père :

- Cela peut paraître difficile à croire Oscar mais votre mère aimait énormément votre grand-père, commença-t-il.

Je n'arrivais pas à comprendre comment… Je me doutais que maman aimait son père, c'était même une des dernières choses que me confia mamie la veille de son décès mais je ne comprenais pas sa colère.

Il continua ainsi de m'expliquer les raisons de sa colère : Lucien avait eu un premier accident d'avion lorsque j'étais petit. Il avait failli y laisser sa vie et depuis, elle n'avait cessé de lui demander de changer de service, d'arrêter ses voyages qu'elle trouvait très dangereux. Toujours Lucien refusa prétextant que le ciel était sa maison, prétextant qu'il ne pouvait arrêter ce qui l'aidait à vivre.

Deux semaines avant sa mort, il envoya cette lettre à l'atelier de Gaby. Dans celle-ci, il lui disait qu'il avait décidé, par amour pour sa famille, de changer ses missions, de les réduire à l'espace régional. Il lui aura fallu de nombreuses années pour comprendre que sa famille devenait le plus important mais deux semaines après, son moteur s'arrêta au-dessus de la Tanzanie.

Ma mère n'a jamais eu connaissance de son souhait d'arrêter les longs courriers de voler et a toujours cru qu'il était mort en préférant son métier à sa famille. Elle ne voulait pas que je suive le même destin que son propre père et c'est ainsi qu'elle m'éloigna de tout ce qui avait trait au ciel : astronomie, mécanique aéronautique… Gaby me dit qu'elle aurait déchiré cette lettre si elle provenait de ses mains. Elle considérait les amis de Lucien en partie responsables de sa disparition car l'ayant accompagné dans ce métier et que c'était à moi de lui donner.

Elle terminait de m'enlacer et je sortis de ma poche intérieure l'enveloppe noircie et abîmée par les années. Elle reconnut aussitôt cette écriture si particulière et je sentis, à la gravité de son regard, que quelque chose de lourd remontait à la surface. Elle saisit l'enveloppe, l'approcha de son visage pour la sentir puis la posa sur son cœur avant de m'enlacer à nouveau.

Le lendemain, au moment de la raccompagner à la gare de Grenoble, on pouvait voir qu'elle avait pleuré une partie de la nuit. On pouvait voir qu'une paix nouvelle l'habitait. Avant de grimper dans le train, elle se tourna vers moi :

- Pour toutes ces choses que tu n'as pas forcément comprises, je… je suis désolée.
- Peut-être… peut-être ai-je vécu trop longtemps dans la peur… dans la peur de perdre ma famille… la peur de

vous perdre tous…La peur
- Mais Merci....
- Aussi, j'ai vu tout ce que vous avez fait pour cette fête et je… je suis fière de toi Oscar ! Je suis fière de toi…

Une dernière fois nous nous sommes embrassés et elle grimpa dans le train. Le chef de gare annonça le départ et je sus que ce fut aussi un nouveau départ entre nous.

Avec Ben et Malcolm, nous revoyons Renan de temps en temps et nous essayons de le raisonner sur ce poison qui l'entraine par le fond. Sûrement à tort à la vue des conflits qui en découlent, mais nous essayons.

Nous devons essayer de nous aimer et j'ai l'impression que cela va passer en laissant l'autre mener sa vie quand bien même nous l'aurions averti… rester présent, mais laisser l'autre mener sa vie une fois l'avoir averti.

Avec Lola au final, j'ai le sentiment que notre relation évolue chaque semaine. Elle semble à la fois s'équilibrer et dans le même temps se déployer. Les repas en amoureux, les sorties avec les amis, les visites à l'association Albiréo, les vendredis soir au Trini Pub, les retrouvailles après le travail… La majeure partie de notre emploi du temps a repris extérieurement. Mais intérieurement, chaque jour devient comme un voyage où la recherche du bien vient souffler sur les voiles de ma barque comme sur les siennes.

On dirait que plus j'ai ma vie à moi et plus je sens que je peux être proche d'elle dans une sorte de communion céleste.

En tout cas, là aussi j'entends qu'il y a énormément de vie à être, à vivre avec elle, énormément déjà et d'autres l'ont déjà remarqué : Claire, Malcolm, Georges, Sophie… tous disent qu'ils voient quelque chose de nouveau et de bon en nous voyant.

Un côté a peur en moi mais globalement et pour la première fois de ma vie, j'ai comme une sensation d'apaisement et de calme, une sensation d'unité qui règne au fond de moi. Cette impression d'avoir remis les pièces du puzzle dans le bon sens et que je peux maintenant le continuer et l'agrandir tout autour.

Pour la première fois, j'ai cette impression de ne plus être sous l'eau mais d'être à la surface et d'être à flot.

Me poser et respirer cet air qui vient doucement des hauteurs du ciel,

(…)

Merci grand père, merci à vous tous…

Merci.

« Ubi bene ibi patria »

« Là où tu es bien est ta demeure »

Épilogue

Si je tourne la tête à droite, le temps est radieux à travers la fenêtre et onze heures vient de sonner à la grande horloge.

Un bruit sourd à l'extérieur se rapproche et une voiture se gare devant la maison. J'ouvre la fenêtre et la voix de ma mère se fait aussitôt entendre :

- Dépêche-toi Oscar, la cérémonie commence dans une heure et Lola est déjà prête !

Je vérifie une dernière fois ma cravate, me dirige vers la porte d'entrée et m'arrête.

Une scène importante va commencer derrière et je sens comme une joie, comme une joie de vraiment y aller, de vivre ma vie à tes côtés Lola.

De continuer ce puzzle avec toi et avec vous…

Je porte ma main à la poignée et d'un léger mouvement l'actionne.

Les rayons du jour inondent l'entrée,

Le rideau s'ouvre,

Et une brise légère de venir délicatement m'apporter son soutien devant cet inconnu qui s'ouvre mais que je sais mystérieusement être bon,

En avant !

En avant !

REMERCIEMENTS

Bien qu'il y ait souvent un auteur à une œuvre, il faudrait à ce récit rajouter toutes les personnes qui m'ont éclairé directement ou indirectement pour mener ce projet.

Les premiers seront sûrement mes parents. Pas seulement pour leurs conseils mais aussi pour ce soutien que j'ai toujours pu sentir ou recevoir.

Mes parents mais aussi ma sœur. Pour tout le temps consacré à me signaler lignes après lignes et mots après mots ses différentes remarques.

Mes parents, ma sœur mais aussi mon frère avec qui j'apprécie échanger au téléphone ou autour d'un jeu ainsi que leur famille et ma famille.

Ma sœur me conseillait et avec elle, je souhaite remercier Manon, Asia, Chiara et Graziella qui m'ont donné des avis plus qu'éclairés sur ce début de récit ainsi qu'à Amélia, Armelle et Lionel.

Je pense aussi aux personnes que j'aime beaucoup : Anne Laure, Guilhem, Philippe et Clémence. Je tiens par la même occasion à saluer Elise, Charlène, Balthazar, Sylvain, Tommy, Wendy & Daniel, Jean Yves, Adrien, Françoise, Alex et les amis de Lyon, Bianca ainsi que les groupes de jeunes pros et nouveaux amis.

Merci aussi aux personnes qui ont pris du temps pour écouter mes pensées et réflexions avec en dernier lieu le P. Olivier. Rien que de partager nos pensées, ça apaise et merci pour cela.

Enfin, je souhaite vous remercier vous qui avez lu cette histoire. Merci d'avoir partagé un moment de cet univers que j'essaie de côtoyer.

Je serais heureux de pouvoir échanger un jour avec vous,

Je vous souhaite une bonne journée et vous dis à très bientôt,

Sincèrement,

Patrick

TABLE DES MATIÈRES

Imprimé en France